LOS SECRETOS DE SELKIE BAY

Shelley Moore Thomas

LOS SECRETOS DE
SELKIE BAY

Traducción de Camila Batlles Vinn

PUCK

Argentina – Chile – Colombia – España
Estados Unidos – México – Perú – Uruguay – Venezuela

Título original: *Secrets of Selkie Bay*
Editor original: Square Fish – An Imprint of Macmillan, New York
Traducción: Camila Batlles Vinn

1ª edición Septiembre 2017

Copyright © 2015 by Shelley Moore Thomas
All Rights Reserved
© de la traducción 2017 *by* Camila Batlles Vinn
© 2017 *by* Ediciones Urano, S.A.U.
Aribau, 142, pral. – 08036 Barcelona
www.mundopuck.com

ISBN: 978-84-96886-65-0
E-ISBN: 978-84-16990-56-6
Depósito legal: B-16.666-2017

Fotocomposición: Ediciones Urano, S.A.U.

Impreso por: Rodesa, S.A. – Polígono Industrial San Miguel Parcelas E7-E8
31132 Villatuerta (Navarra)

Impreso en España – *Printed in Spain*

Para Noel, Isabelle y Caledonia,
por las cosas que tomé prestadas de aquí y de allá.

Y para Susan, que me enseñó lo que significa
ser una hermana.

Helada

Es como la sensación que tienes cuando has olvidado ponerte las manoplas porque es finales de primavera y todas las manoplas están guardadas, y el viento aúlla como una manada de lobos y el aire está húmedo debido a la espuma del mar, y tienes que llevar una nota a tu padre que se encuentra en la peor zona del muelle. No puedes meter las manos en los bolsillos porque tienes que empujar el cochecito de tu hermanita. Y tu otra hermana no puede ayudarte porque..., porque no puede. Y tienes que llevar la nota en primer lugar porque tu madre te lo ha pedido y además porque nadie coge el teléfono en la peor zona del muelle. Es la sensación que tienes en los dedos, en las puntas, cuando sientes calor, luego frío y luego nada. Como si estuviesen helados.

Es también la sensación que tienes cuando llegas a casa y tu madre se ha ido y tu padre tiene que explicarte que no sabe cuándo regresará. Y si sabe por qué se ha ido o adónde ha ido, no te lo dice porque no hay palabras para explicarlo.

Y te quedas helada.

Carta dentro de un libro

HACÍA DOS MESES que mi madre había desaparecido cuando encontré la carta.

No sé por qué no me fijé antes en ese viejo libro, que sobresalía en mi estantería como un soldado alto y delgado entre sus compañeros más bajitos y gruesos. Pero ahí estaba. De modo que lo tomé.

El volumen, titulado *Cuentos infantiles sobre selkies*[1] —la vieja colección de cuentos populares de mi madre—, estaba metido entre *Matilda* y *El libro amarillo de los cuentos de hadas*. Hacía años que no lo veía. La tapa estaba gastada y deteriorada, probablemente debido a las veces que le había pedido a mi madre que me lo leyera, cuando yo creía en los cuentos de hadas. Cuando creía en la magia y en las historias con un final feliz. Pero el libro había desaparecido por la época que nació Ione. Yo siempre había supuesto que Ione lo había destrozado para confeccionar vestidos para las muñecas, o lo había enterrado en el jardín, fingiendo que era un tesoro, o quizá se había comido un par de páginas. No es que mi hermana de ocho años devore libros, pero cuando era un bebé comía grandes cantidades de papel.

Abrí el libro con cuidado para que no se despegara la tapa.

---

1. Seres mitológicos pertenecientes al folclore irlandés, escocés y feroés. Habitan en el mar en forma de focas de gran tamaño, pero tienen la capacidad de despojarse de su piel y asumir una forma humana en tierra. (*N. de la T.*)

CUENTOS INFANTILES SOBRE SELKIES

Una colección de cuentos populares de las islas

Lady Evangeline McFie

1885

La portada estaba enmarcada por un borde de focas entrelazadas, así como largas tiras de algas marinas, junto con unas cuantas perlas y conchas. Tenía un aspecto increíblemente anticuado y recordé lo mucho que me gustaba. Había puesto nombre a todas las focas que había en el borde, quince en total, pero ahora no me acordaba de ninguno de sus nombres.

Y tenía también cierto olor. A sal, a algas, a papel viejo y rancio. El olor me recordó a mi madre, excepto lo de viejo y rancio. Lo cerré con cuidado y, como no quería devolverlo aún a la estantería, lo llevé conmigo mientras ordenaba la casa. Alguien tenía que recoger las cosas, como los calcetines que mi padre dejaba siempre en el suelo en lugar de en el cesto, y las cascadas de mantas que colgaban por un lado de su cama deshecha.

Mientras hacía su cama la carta cayó de entre las páginas del libro. La cuidada letra, apretada e inclinada, sólo podía ser la de mi madre. Sentí un nudo en la barriga, como si un puño invisible me la hubiera pellizcado. *Mamá.*

Dejé caer al suelo mi atesorado y frágil libro, *Cuentos infantiles sobre selkies.*

Para mi amada Cordie:

Sé que antes o después encontrarás esta carta, mi querida hija lectora. Cuando eras pequeña este libro te encantaba. Lamento no ser lo bastante valiente para entregarte esta nota en persona, pero tengo que hacerlo de esta forma. Algún día lo comprenderás.

Ante todo debes saber que amo a tu padre con el mismo amor que las estrellas sienten por la noche o los árboles por la fértil tierra que alimenta sus raíces. De ser yo una estrella o un árbol, no te escribiría esta carta, pues estaría aún junto a tu padre.

Y con vosotras.

Pero no estoy hecha de polvo de estrellas ni soy resistente como el tronco de un árbol. A veces una no es tan fuerte como desearía. De modo que debo irme. No estoy segura de cuánto tiempo estaré ausente, pero procuraré regresar junto a vosotros lo antes posible.

Cuida de tu padre en mi ausencia. No dejes que trabaje demasiado. No te apresures a gastar el dinero que hay en el azucarero. Utiliza lo que necesites, pero procura que dure. Y mantén en buen estado a La Doncella Soñadora. *No dejes que Ione y Neevy olviden el sabor de la espuma salada del mar en sus lenguas.*

Y por favor, Cordie, no te preocupes por mí. Cuida de tus hermanas. Vela por ellas para que nada malo les ocurra.

—¿Qué es eso? —preguntó Ione, tratando de arrebatarme la carta de la mano cuando irrumpió en la habitación de mis padres.

Desde que la escuela había cerrado durante el verano, la tenía siempre pegada a mis faldas. No podía enviarla a casa de alguna amiga porque Ione se negaba a ausentarse mucho rato de casa. Estaba convencida de que nuestra madre aparecería en cuanto ella se marchara. Además, a ninguna de nosotras nos quedaban apenas amigos. Cuando te sucede algo malo, los otros niños tienen miedo, como si fuera algo contagioso. Como si el hecho de que mi madre se hubiera marchado pudiera hacer que todas las madres de la población desaparecieran.

De todos modos, yo no tenía mucho tiempo que dedicar a mis amigos.

Sostuve la carta en alto para que Ione no pudiera alcanzarla. Aunque no era necesario que le ocultara la carta. Mi hermana no sabía leer tan bien como yo. Decía que las palabras, cuando estaban escritas muy juntas y pequeñas, corrían a través de su mente como si bailaran o jugaran a un juego sobre la página.

Mi madre lo sabía. Creo que por eso había escrito las palabras muy juntas y pequeñas.

—¡Venga! ¡Deja que la vea! —me rogó Ione, tratando aún de arrebatarme la carta—. ¿Es de un chico? Eres demasiado joven para tener novio, Cordie. ¡Espera a que papá se entere! —Mi hermana se puso a bailar alrededor de la habitación con su habitual gracia. Todo lo hacía con gracia, como si una brisa invisible la sostuviera y controlara sus movimientos. Como si ella misma formara parte del aire—. ¡Cordie tiene novio! ¡Cordie tiene novio! —canturreó.

Hasta su voz cuando me tomaba el pelo era agradable, flotando a través de nuestra casa sobre las alas de las hadas. Sentí deseos de darle un cachete. Pero conservé la calma. Cuando Ione se excitaba, era preferible hacerla regresar a la realidad con delicadeza. De lo contrario se pasaría todo el día cantando canciones sobre chicos imaginarios y yo.

—No tengo novio. Las niñas de once años no tienen novios —dije simplemente, aunque estaba a punto de cumplir los doce—. Es… una nota del casero. Dentro de poco tendremos que pagar el alquiler. Es preciso que papá se acuerde de hacerlo —mentí.

Pero lo de que mi padre debía acordarse no era mentira. Desde que mi madre se había marchado, mi padre olvidaba muchas cosas. Yo no quería pensar que quizá no tuviéramos suficiente dinero para pagar el alquiler ese mes.

—Ah. —Ione dejó de bailar por la habitación—. Bueno, eso no es muy interesante.

—No, me temo que no —respondí—. Ahora ve y entretente haciendo algo tranquilo y en silencio para no despertar a la pequeña.

Confié en que mi hermana no viera que me temblaba la mano cuando doblé la carta y la guardé en mi bolsillo.

—¿Te acuerdas cuando Neevy hacía unas siestas muy largas? Los bebés no deberían dejar de hacer siestas largas. Eh, ¿qué es ese viejo libro que está en el suelo?

Como si tuviera telepatía, nuestra hermana menor se despertó con un grito semejante al de un pterodáctilo en su pequeña habitación situada al otro lado del pasillo, que era aún más pequeño. Miré a Ione como diciéndole «ahora te toca a ti» y salió protestando mientras yo recogía el libro del suelo. La desteñida foca me sonrió desde la tapa.

Por primera vez en mucho tiempo, cuando pensé en mamá sonreí.

Y esa sensación es la de la esperanza.

Papá

—¿DÓNDE ESTÁN MIS CHICAS? —preguntó mi padre cuando llegó a casa una hora más tarde—. ¿Dónde están las hermanas Sullivan?

Tomó a Neevy de mis brazos, nos abrazó a cada una de nosotras y restregó sus hirsutas mejillas contra las nuestras. Siempre tenía un poco de barba al final del día. Mamá decía que si mi padre se lo proponía, lograría que le creciera una frondosa barba al atardecer. El olor acre de la resina que utilizaba en los barcos que reparaba nos envolvió a todos.

—¡Uf! —exclamó Ione, tapándose la nariz. A mí no me molestaba ese olor.

Papá sostuvo a Neevy en alto y la olisqueó.

—Hablando de ¡uf! —dijo, pasando la pequeña a Ione.

—He preparado tu cena favorita —dije.

—Todas las comidas que preparas son mis favoritas, Cordie —respondió papá—. Son mejores que…

Pero no terminó la frase. Todos bromeábamos sobre las dotes culinarias de nuestra madre antes de que se fuera, incluso ella misma. Preparaba una pasta con langostinos y salsa pesto riquísima, y un maravilloso postre de moras con los frutos que cogíamos frente a nuestra ventana, pero el resto de sus platos no eran muy sabrosos. Durante un instante en el rostro de mi padre se dibujó una expresión de dolor, pero luego destapó la olla que había sobre el fuego y dijo:

—¡Mmm! Sopa de patata. —Aspiró profundamente el aroma, volvió a tapar la olla y me miró—. Gracias, cariño.

Comimos con el sonido de cucharas chocando contra cuencos y el ruido al sorber la sopa, pero ni una sola palabra escapó de nuestros labios.

Después de cenar ordené a Ione que fregara los platos mientras yo cuidaba de la pequeña Neevy.

Eso era lo más triste de habernos abandonado mamá. Neevy tenía sólo diez meses. Dos meses después de haberse marchado nuestra madre, supuse que la pequeña ni siquiera se acordaría de ella. Al menos Ione y yo aún podíamos verla en nuestra imaginación, con su espeso pelo negro que al anochecer parecía casi azul, y sus ojos, grandes y oscuros como el ónice.

Ione se parece a mamá, tiene su pelo y sus ojos y todo lo demás. Yo también tengo sus ojos, pero mi pelo es de un color cobrizo apagado, como el de papá. En cuanto al de Neevy, es muy pronto para saberlo, porque tiene la cabeza pelada como un huevo. Maura, la jefa de mamá en la peluquería, decía que no nos preocupáramos hasta que no cumpliera un año, para lo que aún faltaba un par de meses. Pero si para entonces no le había crecido el pelo, significaba que había tenido mala suerte. La mala suerte de la pobre Neevy no había tardado en llegar, pensé, al no tener a su madre para que cuidara de ella e hiciera que le saliera el pelito en la cabeza.

Oí el sonido de cacharros en la cocina, la diferencia entre la descuidada forma de lavar los platos de Ione y la metódica técnica de mi padre. Mi padre y yo habíamos hecho un pacto. Cuando Ione se encargaba de fregar los platos, él o yo comprobábamos si había que volver a fregar algún cacharro. Ione nunca conseguía eliminar todos los restos de comida de los cuencos, sobre todo si se trataba de sopa de patata. Y si la sopa de patata se secaba en el cuenco, había que fregarlo con los cepillos de alambre que papá utilizaba en sus barcos. Esperé a que mi padre se pusiera a silbar alguna vieja canción marinera que había oído cantar a los hombres en el puerto, hasta que recordé que ya no silbaba nunca. Miré a Neevy, acostada boca abajo, agitando sus piernecitas y gateando en el suelo como si nadara sobre la alfombra. Supuse que no le ocurriría nada si la dejaba sola un minuto y me dirigí a la cocina.

—Papá —dije, tocando la carta de mi madre en el bolsillo.

—¿Hmmm? —Mi padre había terminado de fregar los cuencos y estaba enjuagando las gafas que protegían sus ojos de las astillas y fragmentos de fibra de vidrio que volaban mientras trabajaba. La mayoría de los hombres las lavaban en el muelle, pero mi padre siempre procuraba regresar cuanto antes a casa.

Busqué en mi mente las palabras adecuadas, pero me di cuenta de que no sabía cuáles quería emplear. *¿Debía compartir la carta con él?*

Guardé silencio durante demasiado rato.

—Cordie, ¿se trata de tu madre? —Mi padre cerró el grifo y se volvió hacia mí.

Yo asentí con la cabeza.

—La echas de menos, ¿verdad?

Asentí de nuevo,

—Yo también la echo de menos. —Es lo que decía siempre mi padre cuando yo quería hablar de ella. *Yo también la echo de menos.*

Nada más.

Sentí que los ojos se me llenaban de lágrimas. *No llores, Cordie. Sólo conseguirás que papá se sienta peor.* Pestañeé para reprimir las lágrimas y él me abrazó.

—No hablemos ahora de ella, Cordie. Sé que duele demasiado.

Me permití llorar sólo un momento, y creo que mi padre también lloraba. Luego me sorbí la nariz y traté de enjugar la humedad de mis lágrimas de la camisa de mi padre, pero me di cuenta de que la tenía húmeda porque estaba recién lavada. Alcé la vista y lo miré, esperando que él me mirara a los ojos y me dijera que todo se arreglaría. Pero no lo hizo. Se encerró en ese lugar silencioso dentro de sí, se aclaró la garganta, se volvió hacia el fregadero y terminó su tarea.

—Buenas noches, Cordie —dijo cuando salí de la cocina.

Mi padre era como una galleta que ha caído al suelo y se ha hecho migas.

No sería fácil volver a juntar los pedazos.

La isla de los sueños

PAPÁ DIJO QUE PODÍAMOS MIRAR un programa en la televisión antes de acostarnos, pero no nos apetecía. Eso era algo que solíamos hacer todos juntos. Nos acurrucábamos en el sofá y comíamos sándwiches de huevos revueltos para cenar y mirábamos programas de la naturaleza sobre demonios de Tasmania, lobos en peligro de extinción o grupos de ballenas migratorias. Nuestros programas favoritos eran siempre los que se referían al mar. Por lo demás, a mis padres no les gustaba que viéramos mucha televisión, pudiendo leer un libro dentro de casa o jugar formando bolas de barro fuera. Antes, a mi hermana y a mí nos encantaba ver la televisión. Pero esta noche, como todas las noches desde que mamá se había ido, ni a Ione ni a mí nos apetecía tocar siquiera el mando a distancia. No nos parecía bien.

Esa noche, en nuestra habitación, después de que Ione se quedara dormida, me metí debajo de las mantas de mi cama y encendí mi linterna. Leí la carta una y otra vez hasta que tuve los ojos secos y me escocieron. La leí hasta que me dolió la barriga de darme tantas vueltas en la cama. Tan pronto me sentía feliz, pensando en ella y confiando en que regresara pronto —¿no había dicho mi madre que *procuraría regresar lo antes posible?*—, como me enfadaba, me enfurecía que mi madre se hubiera marchado. En su carta decía que tenía motivos para hacerlo, pero ¿qué motivos podía tener para abandonarnos? Por fin me quedé dormida con la carta apretujada en la mano, soñando con la última vez que mi madre y yo habíamos salido a navegar en nuestra pequeña lancha motora, *La Doncella Soñadora*.

Ione también había venido. Y Neevy. Mamá la llevaba sujeta contra su pecho en uno de esos arneses para bebés. En el cielo se arremolinaban unas nubes bajas, y el viejo Archibald Doyle, con sus mechones blancos agitándose alrededor de su arrugado rostro, nos había observado esa mañana desde la playa, con los brazos cruzados, con cara de pocos amigos.

—Creéis que veréis algo ahí fuera, ¿eh? —nos preguntó, señalando el punto donde las nubes besaban a las olas, sin que se viera el cielo entre ellas.

—No se meta en mis asuntos, señor Doyle. Sé lo que hago —le había contestado mamá gritando a través del viento. Recuerdo que el anciano había meneado la cabeza, enojado, había dado media vuelta y se había alejado por la playa.

Luego partimos a toda velocidad y nuestra pequeña lancha motora daba cabezadas. Yo sentí náuseas, como de costumbre. Incluso en mi sueño, sentí ganas de vomitar.

—Vamos, Cordie, no hace mala mar —me había dicho mi madre, utilizando la mano con la que no gobernaba la lancha para apartarme el pelo húmedo de la cara.

—Cuando está en calma me siento bien, pero cuando está agitada, se me revuelve el estómago.

—¿Por qué tienes tan mala cara, Cordie? —me preguntó Ione.

Seguimos surcando el agitado mar hasta que mamá apagó el motor y dijo:

—Mirad. *Allí.* ¿Lo veis? ¿Veis cómo brilla?

Nosotras negamos con la cabeza. La niebla se había espesado y las olas eran cada vez más altas. Pero de pronto, justo sobre el borde de la espuma, me pareció ver un ligero resplandor de... algo.

—Tenemos que pasar entre esas dos gigantescas rocas —dijo mi madre, señalando dos formas oscuras que se alzaban a lo lejos, en medio del blanco paisaje—. Esas rocas negras. Son escarpadas y peligrosas. Más de un experto marinero ha estrellado su embarcación contra ellas. —Mi madre tenía la virtud de convertirlo todo en una aventura—. Cuando hayamos pasado entre ellas, podremos verla con más claridad, pero debemos tener cuidado.

—¿Qué es lo que veremos? ¿Adónde vamos? —La voz de Ione resonaba en el viento cuando un retazo de niebla, espesa y algodonosa, nos envolvió—. No veo nada.

—La isla mágica de los selkies, claro está —respondió mamá con tono guasón. La niebla era demasiado espesa para que yo viera su expresión.

—Aaaaah —dijimos Ione y yo al unísono—. Los selkies.

—No os riáis —repuso mamá, pero también se reía.

—Creí que no te gustaba hablar de los selkies —dije.

—No me gusta la forma en que las gentes de esta población hablan de ellos, la forma en que sacan provecho de la leyenda, lo cual es muy distinto —contestó mamá.

La niebla se movía fragmentada entre nosotras, rodeándonos como una gastada manta.

—Mamá, ¿no son un invento? —preguntó Ione—. ¿Existen realmente los selkies?

Mamá se volvió hacia mí.

—Cordie, ¿tú que crees? —me preguntó—. Conoces las leyendas.

Era imposible vivir en un lugar como Selkie Bay y no conocer las leyendas. La mitad de los establecimientos en la calle principal tenían algo que ver con los selkies.

—Sí —respondí—. Las conozco.

—¿Y qué opinas? ¿Crees que esos selkies capaces de cambiar de forma viven en una isla secreta con playas pedregosas donde ocultan sus pieles de foca mágicas?

—No lo sé —contesté un tanto apresuradamente.

—Bueno, pues yo tampoco lo sé.

—¡Yo sí! —intervino Ione—. Yo creo en ellos.

—¡Entonces, vayamos en busca de esa isla! —exclamó mamá. Arrancó el motor y partimos de nuevo velozmente, pero la niebla seguía arremolinándose en torno a nosotras y me sentí como si girara cual peonza.

Al cabo de unos minutos, mi madre miró a su alrededor y suspiró.

—La verdad es que no veo nada. ¡Otro día será! Cuando era niña, me encantaba esa isla…

Pero no terminó la frase, porque yo estaba inclinada sobre la borda de *La Doncella Soñadora* arrojando lo que había desayunado a las olas.

* * *

Cuando me incorporé en la cama, el sueño se desvaneció lentamente. La arrugada carta se había caído de mis manos. Palpé el frío suelo hasta dar con ella. La recogí y la alisé contra mi pierna, luego la doblé en pedazos tan pequeños como pude. Hoy tendría que esconderla entre mi ropa para que nadie la encontrara. Al decir nadie, me refería a Ione. Era muy curiosa y esta nota era algo entre mi madre y yo.

La linterna cayó al suelo, sin que apenas diera luz, porque las pilas se habían agotado durante la noche. Nadie oyó el ruido al caerse excepto yo. Ione roncaba suavemente en su cama, y papá, que dormía en la habitación contigua, no roncaba tan suavemente. Neevy emitía de vez en cuando unos ruiditos al chuparse la manita en la pequeña habitación junto a la de mi padre. Aparte de esos reconfortantes sonidos nocturnos, nuestra casita estaba en silencio, aunque yo sabía que papá no tardaría en levantarse para ir a trabajar.

No disponía de mucho tiempo.

Avancé en la semioscuridad, pues el suave amanecer era sólo una promesa, pero había suficiente luz para que localizara el volumen titulado *Cuentos infantiles sobre selkies* y le echara un vistazo. No había ninguna nota esclarecedora escrita en los márgenes con la letra de mamá. El libro no ofrecía ninguna pista sobre dónde podía hallarse el azucarero lleno de dinero. Por otra parte, ¿desde cuándo guardaba mamá el dinero en el azucarero?

Cuando éste había desaparecido, hacía un par de meses, al principio pensé que Ione lo había roto y tenía miedo de confesarlo. Cuando Ione me dijo, muy ofendida, que no había roto el azucarero y sugirió que quizá se lo habían llevado las hormigas, pensé que tal vez se lo había llevado mi madre. Pero eso no tenía ningún sentido. Después de la desaparición de mamá, mi padre apenas despegaba los labios. Yo no sabía de qué hablar, y menos de un azucarero que no podíamos encontrar, de modo que no lo comenté con él.

Avancé descalza por el estrecho pasillo, pasé frente al cuarto de estar y bajé los dos escalones de piedra que conducían a la cocina. El viejo suelo de baldosas estaba helado, como de costumbre. Era la única habitación de la casa en que el suelo no era de madera y no crujía, e incluso en verano, cuando hacía mucho calor, estaba siempre fresco. Ione y yo solíamos tumbarnos en él de espaldas, con los brazos extendidos, gozando del agradable frescor antes de irnos a la cama. Mamá se reía, diciendo que no sabía que sus hijas fueran estrellas de mar mientras pasaba con cuidado sobre nosotras para alcanzar la despensa. Esta mañana, sin embargo, yo no tenía necesidad de andarme con cuidado, sólo de no hacer ruido. Me acerqué de puntillas a la despensa y moví botes y tarros de un lado a otro. Recordé cuando ambos estantes estaban repletos de comida. Ahora, no tardé ni un segundo en comprobar que no contenían ningún azucarero.

A continuación miré en los armarios y la nevera. Cuando abrí la pesada puerta blanca, me pregunté por qué no se me había ocurrido mirar allí en primer lugar. Allí es donde *yo* escondería dinero, si lo tuviera. La luz de la pequeña bombilla casi me deslumbró, pero después de mover una jarra de leche casi vacía, un estuche de huevos, un pedazo de queso, cuatro manzanas pequeñas y tres botes de mermelada casi vacíos, vi que tampoco estaba allí.

Salí al pasillo y me dirigí sigilosamente a la habitación donde mi padre yacía en la cama roncando, y me detuve. Si mi madre hubiera colocado el azucarero en la habitación que compartían, papá ya lo habría encontrado.

Acto seguido me acerqué al armario de los abrigos del pasillo.

Abrí la puerta, que chirrió un poco. Palpé hasta hallar la cuerda que colgaba del techo y tiré de ella. Con un *clic*, todo se iluminó. El estante superior estaba vacío. El cochecito plegable de Neevy estaba apoyado contra un lado del armario. Del perchero colgaban varias chaquetas de mi padre y algunos jerséis nuestros que no nos habíamos puesto desde abril. Toqué la percha vacía de la que solía colgar el abrigo de mamá y ésta osciló un poco. Era su abrigo especial, elegante, suave, negro plateado, pero había desaparecido. En su lugar sólo estaba la percha.

De pronto sonó el teléfono, haciendo que me sobresaltara y me golpeara la cabeza contra la puerta del armario. La cerré apresuradamente y corrí a coger el teléfono, que se hallaba en su lugar habitual, en un extremo de la mesita pintada de azul del cuarto de estar. Como siempre, imaginé que al otro lado del hilo telefónico oiría la voz de mi madre y me pregunté qué le diría.

Pero mi padre se me adelantó.

—¿Hola? Sí, soy Sullivan. Sí, lo sé. Me he retrasado en el pago. La semana que viene. Le pagaré la semana que viene. —Papá colgó sin despedirse de su interlocutor.

—¿Te ha despertado también el timbre del teléfono? —me preguntó.

Yo asentí.

—Podrían haber esperado a que amaneciera. Esos acreedores son unos codiciosos. —Mi padre entró en la cocina para calentar agua para preparar el té—. Bueno, ya que estoy despierto, me pondré en marcha. ¿Y tú?

Asentí de nuevo y saqué unas tazas de la alacena que había registrado hacía unos momentos.

—¿Has visto el azucarero, papá?

Se produjo una pausa.

—No me gusta echar azúcar en el té, Cordie. Ya lo sabes.

—Ya, pero pensé que…

—Si se ha acabado el azúcar, te daré un poco de dinero para que vayas a la tienda, pero sólo una pequeña cantidad.

Mi padre me entregó unos pocos billetes antes de que yo pudiera decirle que no necesitaba azúcar, sólo el azucarero.

—Papá…

—Hoy tengo que ir temprano a trabajar, Cordie. Ve a comprar lo que necesites. Pero no tardes. Y llévate a Ione. Le hará bien salir de casa, para variar.

La Cabellera de la Sirena

CUANDO PAPÁ SE FUE A TRABAJAR, me pasé una hora registrando cada rincón de nuestra casita. El azucarero no estaba en ninguna parte. Necesitábamos ese dinero.

Lo sé. Me he retrasado en el pago... Le pagaré la semana que viene.

Harta ya, fui a ver qué hacía Neevy. Se había incorporado y estaba agarrada a la barandilla de su cuna, con los brazos extendidos hacia mí.

—Mmmmmaammmmaaa —balbuceó.

A veces se me partía el corazón.

—No, cielo, soy Cordie. —Neevy se acurrucó contra mí y se metió su rollizo pulgar en la boca—. ¡Ione! —grité—. ¿Quieres hacer el favor de arreglar a Neevy para sacarla a pasear?

No era necesario que gritara, pero lo hice. Nuestra casa era tan pequeña que si te colocabas en un determinado lugar en la cocina, alcanzabas a ver el resto de las pequeñas habitaciones en el pasillo de nuestra casa. El cuarto de estar, el baño y los dormitorios, el mío y el de Ione, el de papá y el de la pequeña Neevy al final del pasillo.

Ione se acercó por el pequeño pasillo dando traspiés, con aspecto somnoliento, y se detuvo frente a mí emitiendo un gigantesco bostezo.

—Vamos a la ciudad —le dije.

—¿Adónde en la ciudad?

—A... La Cabellera de la Sirena.

—¿Por qué tenemos que ir allí? —Ione se colocó en jarras con aire obstinado. Antes le encantaba ir a la peluquería, sentarse en las sillas giratorias y charlar con Maura y con mamá como si ella también trabajara en el establecimiento.

—Porque sí.

—¿Y si mamá vuelve a casa mientras estoy fuera? —Los grandes ojos oscuros de Ione adquirieron un aspecto vidrioso, como si se le estuviera formando una lágrima en el izquierdo. Si se echaba a llorar probablemente yo también lo haría. Y Neevy no tardaría en imitarnos.

No teníamos tiempo para ponernos a llorar si queríamos ganar algún dinero.

—Ya, bueno, de todos modos iremos, Ione. Arréglate deprisa. Y ve a por el cochecito —dije con tono firme. Si conseguía que Ione se pusiera en marcha, quizás evitaría una escena. Y quizá lograría ocultar mis propias preocupaciones dentro de mi corazón y retenerlas allí un tiempo más.

—No quiero que me mangonees. Tú no eres… —Ione no terminó la frase. Las palabras silenciadas permanecieron suspendidas entre nosotras, como el único hilo de una telaraña rota. Yo no tenía tiempo para estas cosas. No tenía tiempo para reparar los hilos. Teníamos que llegar cuanto antes a La Cabellera de la Sirena. Cuanto antes Maura nos empleara para que barriésemos los mechones de pelo del suelo, antes conseguiríamos el dinero.

A estas alturas, cualquier dinero, por poco que fuera, nos ayudaría.

—Lo sé, lo sé —dije suavizando el tono—. No soy tu jefa. Pero las dos debemos ocuparnos de Neevy. De modo que más vale que arreglemos a la pequeña antes de que piense que es la reina del mundo o algo por el estilo. —A veces era como ejecutar una danza, pisando de puntillas con cuidado para evitar que a Ione le diera una rabieta. Giré sobre mí misma sosteniendo a Neevy en mis brazos y ella soltó una profunda risita de gozo—. ¿Lo ves? ¡Ya se cree la reina del mundo!

Vi las emociones que pugnaban por expresarse en el rostro de Ione. Tenía los ojos entrecerrados, la nariz arrugada, pero su boca no podía mantener el gesto de disgusto. Quería enfurecerse y quería llorar, pero es difícil resistirse a la risa de un bebé.

—¡La reina del mundo! —repitió Ione por fin, tomando a Neevy de mis brazos y soplándole en la barriga para hacerla reír más. Dio varias vueltas sosteniéndola en brazos, riendo ambas a carcajada limpia.

Yo había evitado que mi hermana se pusiera de mal humor. De momento.

Al cabo de diez minutos, Ione estaba vestida y apareció caminando apresuradamente por el pasillo con la pequeña sobre su cadera, tras haber sacado el cochecito plegable de Neevy del armario. Depositó a nuestra hermana en el cochecito sin ceremonias y le abrochó la correa.

—Vámonos de una vez.

No cerramos la puerta con llave por ella. A Ione le gustaba dejarla abierta por si aparecía mamá, por si había olvidado sus llaves. Además, en Selkie Bay nadie cerraba la puerta de su casa. Era una población segura, incluso durante la temporada turística. Ahora bien, si hubiéramos vivido más abajo en la costa, donde el tiempo era más soleado, los días más cálidos y la arena más suave, habríamos tenido problemas. Pero las aguas frías del lugar no atraían a los malos elementos, decía siempre mi padre.

Echamos a andar hacia el centro, que estaba a unos veinte minutos a pie de nuestra casa, si caminabas deprisa, como yo. Ione tuvo que apretar el paso para alcanzarme. Pasamos frente a los tres *pubs* que había en la plaza de la ciudad: El Tesoro de la Reina del Mar, Los Reales de a Ocho de Grania y Grace la Calva, los tres nombrados en honor de la legendaria mujer pirata Grace O'Malley. Centenares de años atrás, un barco de su flota se hundió frente a la costa de la bahía, cargado de oro. Hallaron los restos del naufragio, pero no el tesoro. Jamás lo hallaron. Lo que te llevaba a preguntarte si existía realmente un tesoro. Es lo que ocurre con las leyendas de este lugar. La gente habla mucho de estas cosas, pero a nadie parece preocuparle averiguar qué es cierto y qué es mentira.

Pasamos rápidamente frente a los *pubs,* tapándonos la nariz porque apestaban a tabaco de ayer. Y a cerveza de ayer. Era un hedor espantoso.

Llegamos jadeando a La Cabellera de la Sirena, cuya fachada estaba pintada de color azul verdoso con el borde castaño intenso. Años atrás, alguien había esculpido la figura gigantesca de una sirena de larga cabellera en madera de haya dorada. La escultura adornaba ahora la fachada del establecimiento prestándole un aire mágico, como si fueras a entrar en un salón de belleza reservado a princesas encantadas en lugar de la vieja peluquería que era.

La puerta de entrada estaba abierta, sostenida por un ladrillo. Maura nos vio enseguida. Dejó a una clienta a la que le estaba cortando el pelo y nos envolvió a Ione y a mí en un fuerte abrazo. Olía como la peluquería, a champú de algas y menta, y por un momento sus suaves brazos me recordaron los de mi madre, salvo que los de mi madre no estaban arrugados ni fláccidos.

—Hola, tesoros —dijo Maura. Luego, tras entregarme sus tijeras, desabrochó la correa que sujetaba a Neevy y la abrazó cariñosamente—. Cada día está más grande.

Pero aún no le ha salido el pelo. —Depositó un beso en la mejilla de la niña y le dio una galleta de un bote que había sobre el mostrador—. Coged las que queráis —nos dijo a Ione y a mí. Ione tomó varias galletas y se las guardó en los bolsillos. Sabía que Maura no protestaría. Apenas teníamos dinero para golosinas como las que Maura guardaba en el bote.

—Ya conoce a las hijas de Rose Sullivan, ¿no, señora Gallagher?

La señora Gallagher estaba sentada en una silla, con su pelo gris acero mojado y colgándole sobre las orejas. Asintió, pero no nos miró a los ojos. Era lo que hacía la mayoría de la gente cuando nos veían, bajar la vista o mirar hacia otro lado, como si contemplaran algo muy importante. *Pobrecitas las hijas de Rose Sullivan.*

—Rose tenía unos dedos mágicos —comentó Maura, guiñándonos el ojo y sonriendo.

La señora Gallagher movió de nuevo su cabeza chorreando y siguió estudiando el linóleo.

—Pobre mujer —murmuró.

—Esto, Maura… —dije, jugando con la galleta de chocolate. Estaba demasiado nerviosa para comérmela—. He pensado que quizá pueda ayudarte, barriendo el pelo del suelo.

—Yo también te ayudaré —dijo Ione—. Aunque no mucho rato. No puedo ausentarme de casa mucho rato, ¿sabes?

Aunque acabábamos de llegar, Ione empezaba a ponerse nerviosa, trasladando el peso de su cuerpo de un lado al otro como si tuviera que ir al baño.

—Me temo que voy a cerrar pasado mañana. Mi hermana está enferma y tengo que trasladarla aquí desde Oringford antes de que estemos en plena temporada turística. En agosto esto es una locura, ¡y faltan sólo dos semanas! De modo que no voy a coger más clientas el resto de julio.

El alma se me cayó a los pies. El motivo de haber venido aquí se había esfumado.

—¿La Cabellera de la Sirena permanecerá cerrada el resto del mes? ¿Todos los días? —pregunté.

Maura meneó la cabeza.

—Lo siento, tesoros, pero no puedo abandonar a mi hermana cuando me necesita.

Sentí que me ardía la cara. El dinero que había imaginado había salido volando por la ventana, como pájaros solitarios.

—Ojalá tuviera dinero para mantener la peluquería abierta en mi ausencia, pero no lo tengo. Mira a tu alrededor, Cordelia. Las únicas mujeres que necesitan ahora un corte de pelo son las lugareñas, y pueden esperar unos días. Pero cuando lleguen turistas de otras ciudades para pasar aquí las vacaciones, querrán que les arregle el pelo y tendré que estar preparada para hacerlo. Gano suficiente dinero desde agosto hasta octubre para pasar cómodamente el invierno. Confío en que este año tengamos una buena temporada, ¡con muchas apariciones de selkies! —Maura se echó a reír y puso un poco los ojos en blanco—. Pero no es como antes. Venid a verme cuando regrese, tesoritos. Ya encontraré algún trabajo para vosotras. Os lo aseguro.

Hice que mis labios esbozaran una sonrisa, pero no la sentí en el resto de mi rostro. Barrer los suelos dentro de unas semanas no nos proporcionaría dinero hoy.

—¿Por qué no probáis en otros establecimientos de esta calle? Seguro que alguien necesita que le echen una mano. —Maura volvió a centrar su atención en la cabeza con forma de oveja de la señora Gallagher.

—No quiero trabajar en una de esas estúpidas tiendas —murmuró Ione cuando nos dirigimos hacia el otro extremo de la peluquería—. Probablemente me harán limpiar el retrete —añadió sentándose en la segunda silla de la izquierda, la vieja silla de mamá.

—Yo tampoco quiero —susurré, tomando a Neevy y sentándome con ella en el suelo. La pequeña jugó con mi mano mientras empezaba a dormirse en mi regazo—. Pero no creo que tengamos muchas opciones. Papá necesita el dinero.

Ione no había oído la llamada telefónica esta mañana. No había oído la tensión en la voz de papá. Pero yo sí.

—Ione, quizá podríamos... —dije. Pero ella no me miraba. Miraba el lavabo vacío, el que utilizaba siempre mamá.

Miré el lavabo y luego a Ione, cuyos ojos estaban cada vez más vidriosos. La nota de mamá me quemaba en el bolsillo. Yo quería hablarle de ella, pero mi madre me decía que debía cuidar de Ione, y eso significaba que no debía preocuparla.

—Nos turnaremos —dije—. Si conseguimos trabajo, nos lo repartiremos.

Ione frunció los labios en una mueca como sólo ella sabía hacer. Tomó una de las revistas de la mesa junto a ella.

—¿Qué clase de persona quiere leer sobre l... laca de uñas y *sujetadores*? ¿Qué son sujetadores? —preguntó articulando la palabra con dificultad. Luego lanzó la revista al otro lado de la mesa, sobre la que se deslizó derribando otras revistas al suelo.

—Muy bonito —dije—. Muy bonito, Ione. Recógelas para que no tenga que hacerlo Maura. —Por la forma en que mi hermana tensó los hombros, vi que estaba a punto de darle un berrinche y de negarse a obedecerme, pero logré evitar que montara una escena—. Y cuando hayas acabado, puedes leer esto. No trata sobre sujetadores, te lo prometo.

Ione se sonrojó y contestó:

—¿Sujetadores? ¡Qué chorrada! —Acto seguido se apresuró a tomar el libro que yo le ofrecía.

Yo había metido los *Cuentos infantiles sobre selkies* en la bolsa de pañales de Neevy antes de salir de casa. Lo había conservado junto a mí desde que lo había encontrado en mi habitación, aunque no sé muy bien por qué. Ione lo hojeó.

—Recuerdo este libro. Mamá solía leérnoslo. Pero tiene unas palabras muy difíciles.

—¿Quieres que te lea un poco? —pregunté, tomando el libro y sosteniéndolo sobre la cabeza de Neevy, que dormía en mi regazo, y abriendo una página del inicio—. Mira, aquí explica cómo reconocer a un selkie.

Lo primero que debes saber sobre los selkies es cómo reconocerlos en una zona salvaje o agreste. Si te topas con uno en su forma de foca, no podrás saber si tiene la capacidad de mudar de forma o no. Es imposible. Sin embargo, si ves a una persona y te preguntas si es realmente un selkie con forma humana, hay varias maneras de saberlo, si eres una persona observadora.

1. Los ojos y el cabello son negros como la noche.
2. Tienen unas membranas interdigitales entre leves y moderadas. (Las aletas no desaparecen nunca por completo.)
3. Poseen una fina capa de pelo o manto gris o negro plateado.

Debe existir una combinación de esos tres rasgos. Por otra parte, no temas si te encuentras con una de estas criaturas mientras llevas a cabo tus tareas. Tienen fama de ser las madres y los padres más entregados que existen y preparan una excelente cazuela de pescado.

—Suena un poco como si fuera mamá —apuntó Ione—. Pero este libro es aburrido y mamá nunca es aburrida.

Sí, sonaba un poco como si fuera mamá.

—Qué ocurrencia, Ione. A mamá le encantaban estas cosas. ¿Recuerdas cuando nos llevó en *La Doncella Soñadora* en busca de la isla de los selkies?

Ione empezó a rebullirse en el asiento y comprendí lo que iba a ocurrir.

—Llevamos mucho rato fuera de casa.

Yo asentí.

—Sí, debemos irnos. —Aún teníamos que hacer un recado antes de regresar—. Anda, vamos, tenemos que comprar azúcar.

Las calles de Selkie Bay

IONE TRATÓ DE CONVENCERME de que no necesitábamos azúcar.

—Cogeré unas bolsitas de la bandeja de té de Maura. A ella no le importará.

—Tenemos que comprar un poco. Lo ha dicho papá. Y no se refería a que nos llevásemos el azúcar de otra persona.

—De todas formas, apenas lo utilizamos. ¿Y cuándo encontraste el azucarero? ¿Estaba vacío? Hace semanas que no lo veo.

Nadie lo ha visto. Nadie salvo mamá.

Entramos y salimos en cuestión de minutos del Supermercado Flipper's con una pequeña bolsa de azúcar.

—Volvamos a casa —dijo Ione, zarandeando el cochecito para despertar a Neevy—. ¿Ves? Neevy está despierta y tendrá hambre. O se pondrá a llorar. Debemos irnos a casa.

—No, Ione. No regresaremos aún a casa. Ya que estamos aquí, entraremos en algunas de estas tiendas para ver si nos dan trabajo.

Mi hermana meneó el cochecito con más energía, pero por suerte Neevy no se despertó.

—¿No lo dirás en serio? —dijo Ione.

Pero yo lo decía muy en serio.

Seguimos avanzando por la calle principal de Selkie Bay. Se había levantado viento, refrescando la mañana estival. Al cabo de unos minutos la calle se ensanchaba, conduciendo al puerto y a las tiendas turísticas que bordeaban el agua como coloridas gemas en la corona de un rey. Junto al color azul verdoso de La Cabellera de La Sirena aparecía el deslumbrante verde esmeralda de Galletas Para Focas, una pastelería que no tenía nada que ver con focas, pero donde conseguías las mejores galletas de chocolate del mundo. Eran las golosinas que Maura guardaba en el bote sobre el mostrador de su peluquería. Dicha pastelería ostentaba un toldo de rayas a juego con los muros pintados de verde de la fachada.

Junto a la pastelería estaba Relatos de la Ballena, una librería pintada de rojo fuerte, con personajes de historias célebres tallados en la pesada puerta de madera. Era mi establecimiento favorito porque la propietaria hacía como que no se daba cuenta si te sentabas en una silla y leías los libros pero no comprabas ninguno. Frente a la librería estaba el gigantesco letrero con una risueña foca naranja del establecimiento de Pescadito y Patatas Fritas de Chippy's. Aunque Ione temía resbalar sobre el aceite que estaba segura que cubría el suelo, teníamos que entrar y probar suerte.

—¿Te imaginas tener que limpiar toda esa grasa? —preguntó malhumorada—. Qué asco.

Por desgracia, en todas las tiendas oíamos la misma historia. Bueno, no exactamente la misma, pero todas empezaban igual. «Vaya, Cordelia e Ione Sullivan. Hace tiempo que no os veía. Ah, y el bebé. ¡Qué grande está! Siento mucho lo de vuestra… este…» (A partir de ahí la persona en cuestión se ponía a mirar a su alrededor buscando un punto donde fijar la vista, procurando no mirarnos a la cara; nuestros zapatos eran uno de los puntos donde fijaban la vista.) «¿Qué os trae por aquí?»

Yo les decía que buscaba trabajo. Entonces Ione soltaba: «No pienso limpiar el retrete».

Aquí era donde las historias diferían. A veces era porque sus sobrinos y sobrinas habían venido de visita durante la temporada veraniega y les echaban una mano en la tienda. Otras, porque había poco trabajo. A veces era porque acababan de contratar a uno de los chicos Patel, que vivían cerca, y si yo hubiera venido unos días antes me habrían entrevistado. A veces era porque Ione y yo éramos muy jóvenes y no querían tener problemas con las autoridades por haber violado la legislación laboral.

Pero la última parte era la misma en todas las tiendas.

«Lo siento mucho, Cordelia.»

* * *

Luego fuimos a la tienda del viejo señor Doyle.

El establecimiento Siete Lágrimas en el Mar estaba pintado de un tono marrón apagado. No tenía un toldo ni una escultura que lo adornara. El letrero de la fachada decía:

AVISTAMIENTOS DE SELKIES
«Peligrosas bestias marinas»
GARANTIZADOS

El establecimiento consistía también en una pequeña tienda de regalos para que el señor Doyle dispusiera de otro medio de sacarle dinero a la gente.

—No me gusta, Cordie. El señor Doyle no me gusta. Creo que lo odio —dijo Ione cuando nos detuvimos frente a su tienda. El anciano aún no había dado la vuelta al letrero que decía CERRADO escrito a mano para indicar que había abierto, lo cual era raro teniendo en cuenta que eran casi las siete.

—No lo odias. No es más que un viejo gruñón.

—Es malo. A mamá tampoco le gusta.

Una de las particularidades de mi madre era que la mayoría de la gente de la población la quería. Tenía una personalidad que atraía a las personas como abejas a la miel. En todo caso, a la mayoría. El señor Doyle la miraba con cara de pocos amigos, como miraba a todo el mundo. No le parecía que fuera una persona especial. Sólo le gustaban las cosas que le gustaban y no consentía que nadie tratara de convencerlo de lo contrario. Eso era lo que papá decía de él.

La puerta de la tienda se abrió y apareció el señor Archibald Doyle. Si existía una persona cuyo rostro parecía el de un pez globo, ése era el señor Doyle.

—¿Qué hacéis en mi porche? —Tenía una voz áspera, como cabe suponer que tendría un pez globo que hablara.

—Hola, señor Doyle. Soy yo, Cordelia Sullivan.

—Sé quién eres.

La aspereza de su voz hizo que me escociera la garganta.

—Bueno, pues… —balbucí.

Tragué saliva y traté de recordar mi pequeño discurso, el que había ensayado cuatro veces, acerca de que quería trabajar o echarle una mano por el sueldo que pudiera pagarme, cuando Neevy eligió este preciso momento para que le diera un berrinche épico.

—Di de una vez lo que quieres. Tengo que atender a mis clientes y no puedo perder el tiempo escuchando a un bebé berrear como si le hubieran clavado un alfiler. —El anciano agitó los brazos como para ahuyentarnos.

—Es difícil atender a clientes si la gente piensa que la tienda aún está cerrada —contesté, pasando junto a él y dando la vuelta al letrero por el lado que ponía ABIERTO. Atravesé de nuevo la puerta exhibiendo la sonrisa más amplia y afable pintada en mi rostro—. ¡Ya está! Debe de haberse olvidado de darle la vuelta cuando abrió esta mañana. —A continuación me volví hacia Ione con una mirada cargada de significado. Ella puso los ojos en blanco, pero captó mi mensaje. Se apresuró a coger a Neevy, que no cesaba de berrear, y empezó a balancearla en sus brazos.

A Neevy le encantaba. Y mientras Ione estaba distraída, aproveché para explicarle al anciano lo que quería.

—Verá, señor Doyle, quisiera ganar algún dinero. Desde que nuestra madre se marchó…

—Era cuestión de tiempo —me interrumpió el anciano.

—Desde que mi madre se marchó —continué—, necesitamos ayuda para pagar las facturas. Por favor, señor, ¿podría darnos trabajo en su tienda? Trabajaremos por el sueldo que pueda pagarnos, haciendo lo que usted quiera. Por favor, señor. Queremos ayudar a nuestro padre.

El señor Doyle guardó silencio un minuto, acariciándose la barba. La tenía tan hirsuta que podría haberle agujereado la mano.

—Jamás pensé que ayudaría al clan de los Sullivan. —El anciano arrugó el entrecejo y me miró entrecerrando los ojos—. No quiero al bebé aquí. Mete demasiado ruido. Ahuyentará a los clientes. La gente dice que les gustan los bebés, pero es mentira. Les gustan los bebés silenciosos, que huelen a limpio. Y esos bebés no existen.

Tras estas palabras el señor Doyle guardó silencio. Yo no sabía si había terminado con nosotras o si se disponía a largarnos otro sermón. Dio media vuelta y dijo:

—Sé puntual mañana, Cordelia Sullivan. O Ione Sullivan. Cualquiera de las dos. Sed puntuales.

La puerta se cerró tras él de un portazo.

—¿No deberíamos preguntarle a qué hora quiere que vengamos? —me preguntó Ione, sacando una galleta de su bolsillo y tratando de dársela a Neevy, que apartó la cabeza como si Ione fuera una espía y la galleta estuviera envenenada. Está claro que no tenía hambre. Probablemente tenía el pañal mojado.

—No. Mañana vendré a la hora en que abren las otras tiendas. Supongo que es a la hora que quiere que venga.

Sentí deseos de ponerme a brincar de alegría. ¡Había conseguido trabajo! ¡Podría ayudar a mi padre!

Pero no me puse a brincar.

Fue como si de pronto se abriera una cajita de ira dentro de mí. Durante los dos últimos meses había experimentado prácticamente un solo sentimiento, el de tristeza. Pero ahora, desde que había encontrado la carta, tenía esa cajita en mi cabeza y sabía que no quería abrirla. Sin embargo, la tapa se levantó un poco, chirriando. Las palabras *tus hijas tienen que trabajar en lugar de jugar; las hijas que abandonaste, mamá,* brotaron con el ímpetu de mi furia. Sacudí la cabeza para que se alejaran volando, lejos de mis oídos.

Pero seguí escuchándolas.

Seguí escuchándolas durante todo el camino hasta casa.

El científico

MI PADRE NO SONREÍA cuando llegó a casa esa noche.

Neevy oyó que se abría la puerta y reconoció el sonido de las sonoras pisadas de mi padre y se volvió sobre la alfombra, agitando sus piernecitas rítmicamente.

—Hola, pequeña nadadora sobre la alfombra —dijo mi padre con ternura, agachándose para acariciar la cabeza de Neevy como si fuera una perrita. A la niña le gustó y agitó los pies con más energía.

Papá pasó junto a mí y me besó rápidamente en la cabeza.

—¿Cómo te ha ido hoy, Cordie? —me preguntó.

—Como siempre —respondí.

—Cordie recibió una carta del casero. Ay, no, eso fue ayer —dijo Ione.

Yo la miré enfadada. ¿Por qué había elegido precisamente este momento para acordarse de eso?

—La leeré más tarde —dijo papá. Yo suspiré aliviada.

—Cordie nos ha vendido como esclavas —dijo Ione, metiéndose un trozo de plátano en la boca. Al hablar me mostró el mejunje triturado entre sus dientes.

Papá me miró para que tradujera. Estaba acostumbrado a la manía de Ione de exagerar y transformar la verdad en un relato fantástico. Pero yo no estaba segura de que en esta ocasión mi hermana estuviera equivocada.

—Hoy hemos conseguido trabajo. En la tienda del señor Doyle.

Sin soltar su caja de herramientas, mi padre abrió la nevera y miró los compartimentos casi vacíos. Tomó una arrugada manzana y cerró la puerta. A continuación miró en dirección a la entrada de la cocina hacia la mesa pintada de azul donde estaba el teléfono. Luego me miró a mí.

—No tenéis que hacerlo.

Ione se había sentado en el suelo y jugaba con Neevy. Yo sabía que no quería hacerlo, y yo tampoco quería. Antes de que mi madre se fuera de casa, las propinas que le daban las clientas de La Cabellera de la Sirena siempre bastaban para que nos las arregláramos. Selkie Bay no era una población próspera, pero durante la estación turística las señoras pagaban bien por los dedos mágicos de mamá. Pero sus dedos mágicos ya no traían propinas a casa.

—Ya. Pero creo que lo haremos. Es mejor que quedarnos todo el día metidas en casa —respondí, tratando de convencerlo de que sus hijas lo pasarían bien limpiando la polvorienta tienda del señor Doyle.

Mi padre lanzó un sonoro suspiro.

—Ojalá la reparación de barcos diera más dinero. —Se sentó en su silla, sosteniendo la manzana debajo del mentón, dejó su caja de herramientas a un lado y empezó a desabrocharse las botas de trabajo. Dentro de unos momentos se acercaría al fregadero para lavarse la mugre que había acumulado hoy reparando barcos.

—¿Por qué no vuelves a trabajar como científico? ¿No ganabas un montón de dinero con eso? —preguntó Ione.

Mi hermana era una maleducada.

—¡Ione! —exclamé a modo de advertencia—. No sigas.

—Es verdad —insistió ella.

—Ni siquiera sabes lo que dices. Eso fue antes de que tú nacieras. El barco de investigación en el que trabajaba papá...

—Han dejado de financiarlo —dijo mi padre con voz queda, mientras se quitaba las botas y se comía la manzana. Sus calcetines estaban agujereados—. Está en un astillero, oxidado y hecho pedazos. Además, los trabajos de investigación que llevábamos a cabo sobre las focas pixies[2] eran...

—¿Qué? —pregunté.

—La investigación no dio resultado. No logramos hallar los hábitats de las focas pixies que buscábamos. La población había disminuido. Antes había muchas... Todas esas leyendas sobre Selkie Bay seguramente provienen de ahí. De todos modos, esos estudios habrían concluido aunque yo no hubiera renunciado.

—Renunciaste porque te caíste del barco y estuviste a punto de ahogarte —terció Ione. Había vuelto a la carga, tratando de conseguir que papá nos contara la historia de cómo había conocido a nuestra madre. Era su historia favorita, pero yo sabía que papá no nos la contaría. Ya no.

Aun así, mi padre empezó a murmurar en voz baja, como hacía siempre que relataba esa historia. Sentí un hormigueo en la barriga y contuve el aliento. Me palpé el bolsillo donde había guardado la carta, como si al tocarla pudiera conseguir que mi padre pronunciara las palabras que volvieran a conectarnos con nuestra madre. Y entonces mi padre dijo:

—Yo era un científico, no un marinero. Nunca me había sentido a gusto en un barco. Pasaba buena parte

---

2. Pixies: criaturas míticas, semejantes a duendecillos, pertenecientes al folclore británico. (*N. de la T.*)

del tiempo inclinado sobre la borda, vomitando. Un día, cuando levanté la cabeza después de vomitar, salió una cosa entre dos escarpadas rocas que chocó contra nosotros y caí al mar.

Los ojos de Ione brillaban de emoción. Había conseguido lo que quería. Durante unos momentos papá parecía ser el de siempre, tal como era antes de que mamá se marchara. Yo quería ir a sentarme a sus pies, pero temía moverme, temía romper la magia que hacía que mi padre volviera a ser el mismo de siempre.

—Y como llevaba el costoso equipo de grabación sujeto a mi cuerpo, me hundí como una piedra.

Incluso la pequeña Neevy se acercó gateando hasta la silla de papá. Al menos tuvo el detalle de no ponerse a berrear.

—Pero entonces... —dijo Ione, conduciendo a nuestro padre hacia la parte más interesante de la historia.

Él tragó saliva y pensé que iba a detenerse.

—Pero entonces, mientras descendía entre todo tipo de rocas y algas, hundiéndome casi hasta el lecho marino, donde estaba seguro de que moriría, sentí algo a mi alrededor. Unos delicados brazos que me salvaron.

—¡Mamá! —exclamó Ione.

Temí que el hecho de decir su nombre pudiera romper el hechizo, pero papá continuó.

—Sí, vuestra madre. Era una magnífica nadadora y me salvó. Fue una casualidad que estuviera tan cerca. Pero las casualidades ocurren en la vida, ¿no? Por eso existe una palabra que las describe.

Mi padre guardó silencio. La historia no terminaba ahí, por supuesto, faltaba la parte de cómo se habían enamorado, cómo habían decidido establecerse en Selkie Bay porque mamá lo deseaba.

Pero de pronto, Neevy soltó un sonoro eructo y el hechizo se rompió. La historia que hacía unos momentos había flotado como una bruma a nuestro alrededor desapareció, escurriéndose entre las tablas del suelo debajo de nuestros pies.

Pesadilla

Ione lloraba de nuevo en sueños.

Encendí mi lámpara para leer, una lamparita con una pantalla color turquesa que daba a la habitación un suave y mágico resplandor azul. La débil luz se reflejaba en sus mejillas, pálidas y luminosas, y en un reguero de lágrimas plateadas que relucían hasta su barbilla.

Con su pelo largo y oscuro y sus espesas pestañas, parecía la niña que debía de ser mamá a los ocho años. Me levanté sigilosamente de la cama, atravesé de cuatro zancadas la habitación y tomé su mano, unos dedos largos con unas finas membranas en forma de media luna en la base de cada dedo. Sin duda había heredado las manos de mamá. Mis dedos eran cortos y rechonchos, como los de papá.

—Tranquilízate, Ione —susurré, acurrucándome debajo de la colcha de color lavanda. A Ione le encantaba ese color, casi todo lo que había en su lado de la habitación era de un tono violáceo. Yo no tenía muchas preferencias en materia de colores, pero me encantaban las fundas de almohada azul verdoso que mi madre me dejó elegir para mi cumpleaños el año pasado. Me hacían sentir como si durmiera en la cama de una sirena. Apoyé con cuidado la cabeza en una esquina de la almohada de Ione. Apenas tenía sitio, pero tuve que conformarme. Dejé la lámpara encendida para que nos reconfortara a las dos. Cuando había una luz encendida, casi me convencía de que todo se solucionaría de alguna manera. Las noches eran peores que los días.

Ione sollozó bajito, de modo que empecé a canturrear una vieja canción que solía cantar mi padre.

Lejos, lejos,
Nos alejaremos flotando
En un barco dorado.
Surcaremos los mares.

Las olas plateadas
La espuma salada
El mar nos llama
Partiremos hoy.

Dejé de canturrear cuando llegué a esa parte, la que decía «partiremos hoy». *¿Por qué se había ido mamá? ¿Qué o quién la había llamado para que se fuera?*

Yo dudaba de que fuera el mar.

Los goznes de esa cajita de ira cedieron un poco.

—No pares, Cordie —murmuró Ione—. Por favor. Cuando cantas me entra sueño.

—No me apetece seguir cantando —respondí en voz baja—. Tratemos de dormir. Todo se arreglará. —*¿Era realmente mejor saber que ella no había querido marcharse?*

—¿Crees que mamá regresará algún día?

Yo quería responder afirmativamente, pero tenía una extraña sensación. *Procuraré regresar lo antes posible,* había escrito mi madre. ¿Pero por qué no estaba ahora con nosotros? Las personas pueden elegir lo que quieren hacer, ¿no?

La tapa de la cajita de ira se abrió un poco más.

—Todo se arreglará —repetí con voz ronca.

—¿Pero y si no vuelve nunca?

Tragué saliva.

—En ese caso me tendrás a mí. Siempre.

—Pero yo la quiero a *ella*. Quiero a mamá.

—¡Pues no puedes tenerla! —Yo estaba demasiado cansada, demasiado malhumorada, y dejé que esa cajita se abriera de golpe, aunque enseguida me arrepentí de ello. Es lo que ocurre con las palabras ásperas, una vez que las has pronunciado son como un tarro de miel que cae al suelo y se rompe, que deja una mancha resbaladiza y pringosa. Y por más que trates de limpiarla, siempre notas esa parte pringosa de la baldosa.

Como es natural, Ione rompió a llorar de nuevo, más fuerte.

Saqué el viejo volumen sobre los selkies de la mesita entre nuestras camas.

—Cálmate, lo siento, Ione, no llores. Te leeré un poco. —Abrí el libro por una página en la que aparecía una madre selkie rodeada de pequeñas focas y empecé a leer en voz alta.

Los selkies son cónyuges y padres extremadamente entregados. Realmente, no existe un amor en la tierra comparable al de una madre selkie por sus cachorros. A menos, claro está, que la selkie se haya enamorado de un humano y los hijos hayan nacido en tierra. En esta situación, la madre permanecerá junto a sus hijos hasta que encuentre su abrigo de piel de foca. Entonces, pese al amor que siente por sus hijos, deberá regresar al mar. Se sabe que el conocido truco de derramar siete lágrimas en el mar para inducir a un selkie a regresar a veces da resultado, aunque no es un método fiable.

—Esto resulta muy aburrido —me interrumpió Ione, sollozando—. Cuando me aburro no me siento mejor, sino peor. Parece como si mamá se hubiera marchado porque no nos quisiera. ¿Por qué no nos quiere, Cordie?

Era la pregunta más desgarradora que cabe imaginar, formulada con el tono más desgarrador que jamás había oído utilizar a Ione.

Algo sucedió dentro de mí, allí, en ese momento. Una especie de *clic*, como si se hubiera activado un resorte, como el pequeño interruptor de la linterna más pequeña del mundo. *Yo había sido sincera con Ione, la mayoría de las veces, pero no había servido de nada.* Durante un instante se me ocurrió mostrarle la carta, pero conociendo como conocía a Ione, le habría dado un berrinche porque mamá no le había dejado una nota a ella. Debía de haber otro medio de ofrecerle esperanza.

—Ella te quiere, Ione. Mamá nos quiere a todos. Pero no puede venir porque… está en un lugar especial —dije, probando el sabor de esa mentira en mi boca. No sabía tan mal como había supuesto.

—¿Quieres decir que está…? —Ione estaba a punto de romper a llorar a lágrima viva, amenazando con despertar a todo el vecindario.

—No, no está muerta. ¿Recuerdas la historia de cómo mamá salvó a papá?

Ione asintió y se limpió la nariz con la sábana antes de que yo pudiera impedirlo.

—Pero no conoces toda la historia, la verdadera. Tal vez yo sea la única, aparte de mamá, que la conoce.

—Yo también quiero conocerla —dijo Ione.

De modo que le conté la verdadera historia de mamá.

Salvo que me la inventé de principio a fin, en ese momento, sobre la marcha.

Cómo se conocieron
mamá y papá

Mamá era especial, como te diría cualquiera en la ciudad. Tenía algo especial. Por supuesto, lo que probablemente intuía la gente era que guardaba un secreto. Siempre se nota cuándo una persona oculta la verdad. No puedes ver un secreto como ése, ni olerlo, pero si aguzas el oído, puedes oírlo. Es como si susurrara en el viento, de una persona a otra.

Mamá tenía los ojos más negros que puedas imaginarte, y el pelo más oscuro que la noche. ¿Y recuerdas que tenía unas membranas entre los dedos, casi como las aletas de una rana? Por eso no le gustaba estrechar la mano de la gente, no quería que vieran sus manos. Y luego tenía ese abrigo, el que colgaba en el armario ropero, de una finísima piel negra plateada. Basta sumar dos y dos, y añadir algunos detalles, para que uno sospeche. Al menos un poco.

Mi madre no era de aquí. Se había mudado a Selkie Bay un poco antes de conocer a papá. No dijo a nadie de dónde era, pero algunos lo intuían. Sospechaban que provenía de la isla, la que está a lo lejos, la que quiso enseñarnos un día en la lancha.

Esa isla es un misterio. ¿Sabías que algunas personas no pueden verla? Pero nosotras sí podemos, porque tenemos la misma sangre que mamá. Esa isla oculta un secreto. Los parientes de mamá provienen de allí.

Pero lo que no te he dicho, al menos no claramente, es que los parientes de mamá en realidad no son personas. No son como el resto de la gente. ¿Cómo crees que mamá logró nadar hasta alcanzar el fondo del mar y salvar a papá? Pudo hacerlo porque era una selkie. Es verdad, nuestra madre puede cambiar de forma, pasar de humana a foca y a la inversa, siempre que tenga su abrigo especial.

Probablemente esperas oír la parte que dice «*érase una vez*» para tener la sensación de que es un cuento verdadero. Pues bien, érase una vez una princesa selkie tan bella como el resplandor de la luna. La enviaron a vivir entre personas normales porque su padre, el rey de los selkies, le ordenó que lo hiciera.

«Tienes el real deber de actuar como embajadora entre los seres focas y las personas terrestres. Pero debes guardar el secreto. Algunos no comprenden que una persona pueda transformarse en una foca y a la inversa en un abrir y cerrar de ojos», dijo el rey. Por eso mamá nunca contó a nadie quién era en verdad. Porque algunos no lo habrían comprendido.

De modo que vivió en Selkie Bay sola en una casita, la misma en la que vivimos ahora. Le gustaba coleccionar objetos pequeños y bonitos, como frascos de perfume y saleros de plata. Lo que pudiera hallar en el fondo del mar y traer a casa, porque a los selkies les encanta ir en busca de tesoros entre los restos de naufragios.

Pero se sentía muy sola. Echaba de menos a su familia. Sabía que si era realmente una emergencia, podía llamarlos derramando siete lágrimas plateadas en el mar, como dice el libro. Seguramente eso fue lo que dio al señor Doyle la idea del nombre de su tienda.

El caso es que mamá, la princesa selkie que se sentía sola, salió una tarde de tormenta para bañarse en el mar, porque los selkies no temen las tormentas. Son muy valientes. Tú también puedes ser valiente como una selkie, Ione. Llevas esa valentía oculta en tu interior, y si dejaras de llorar un rato, saldría a relucir.

A propósito de llorar, ahí estaba nuestro padre, que había caído por la borda de su barco al mar. El mar nunca le había gustado, pero las focas le entusiasmaban. ¿No es casualidad que el hombre que amaba a las focas salvara la vida gracias a una? Había derramado siete lágrimas porque sentía náuseas debido al oleaje y porque no podía despojarse del equipo que llevaba sujeto al cuerpo, no porque fuera un cobarde. Llorar no convierte a una persona en cobarde, te lo aseguro. Llorar sólo hace que te cueste pensar con claridad. Te embota el cerebro. Y si una ola te arroja por la borda al mar, tienes que desembotarte el cerebro para salvarte.

Por suerte, mamá olió las lágrimas en el agua. No sabía quién las había derramado, pero daba igual. Sabía que tenía que salvar a alguien. Y eso hizo.

De modo que salvó a papá. Pero no le contó su secreto. No le contó lo que te he contado yo, sobre el abrigo de piel de foca, y el Reino de los Selkies que hay en esa isla. Porque seguramente allí es donde se encuentra mamá en estos momentos. Cada pocos años, un selkie debe regresar y permanecer un tiempo junto a su familia de focas. Así debe ser. Mamá tiene que informar a su padre, el rey, sobre las personas terrestres. Y me imagino que eso lleva cierto tiempo.

Pero regresará, Ione.

Por supuesto que regresará.

Siete Lágrimas en el Mar

Decidí ser la primera en ir a echar una mano en la tienda del señor Doyle. En realidad yo no era la más valiente de las dos, pero no quería que Ione se peleara con el viejo cascarrabias. Necesitábamos el dinero, y no podía arriesgarme a que mi hermana cogiera una rabieta y lo dejara plantado. ¿Cómo se le había ocurrido a mi madre ocultarnos el dichoso azucarero lleno de dinero? ¿Por qué no le dijo a mi padre dónde lo había puesto antes de marcharse? Era lo menos que podía haber hecho.

Bostecé mientras mezclaba una cucharada de cereales para el desayuno de Neevy. Ione podía comer la otra mitad del plátano que había empezado ayer. Tenía la piel de color marrón y unas manchas negras, pero la pulpa aún era comestible. Yo no tenía hambre debido a lo cansada que estaba por no haber dormido apenas.

Papá se había marchado antes de que clareara, lo cual era muy temprano teniendo en cuenta que era verano. Se había arrodillado junto a mi cama y había susurrado «suerte con el señor Doyle», que era su forma de decir que, aunque lamentaba que fuera necesario, no dejaba de serlo.

Después de darle la acostumbrada y poco apetitosa papilla, deposité a Neevy, que necesitaba desesperadamente que alguien le cambiara el pañal, sobre Ione, que dormía. El volumen de los *Cuentos infantiles sobre selkies* asomaba debajo de la funda de su almohada estampada con flores.

—¡Uf! —protestó Ione.

—Eso te pasa por quedarte dormida. Me voy a la tienda del señor Doyle. Volveré a la hora de almorzar —dije—. Hasta luego.

Cuando salí oí a Ione y a Neevy jugando al escondite. Confié en que Ione cambiara el pañal a la pequeña antes de que la humedad empapara las sábanas y tuviera que lavarlas. ¡Paciencia!

Yo temía la mañana que me esperaba. Soplaba viento, pero la caminata de veinte minutos hasta el centro de la ciudad pasó en pocos segundos. El interior de la tienda estaba a oscuras y en la puerta aún colgaba el letrero de CERRADO. Puede que el señor Doyle no hubiera llegado todavía. Lo único que vi cuando miré a través del mugriento cristal fueron unas figuritas de cerámica en forma de focas colocadas sobre la repisa de la ventana. ¿Me haría el anciano quitar el polvo de todas? La perspectiva de dar media vuelta y regresar a casa era muy tentadora. Pero si lo hacía no podría llevar dinero a casa, de modo que alargué la mano y giré el pomo de Siete Lágrimas en el Mar.

Cuando abrí la puerta sonó una campanilla dentro de la tienda.

—¡Ya voy! —gritó alguien con tono brusco. Sin duda era el señor Doyle.

El interior de la tienda era de color pardo y tan anodino como la fachada. Había unas huchas en forma de sirenas alineadas en una mesa y unas pequeñas focas de peluche de aspecto malvado en otra. En general, la tienda no era mayor que nuestro cuarto de estar y no muy distinta de él, salvo que había una caja registradora junto a la pared y un letrero que colgaba en el pasillo que decía A LOS BOTES con una flecha señalando unos escalones a la derecha.

—¿Te interesa realizar una excursión en bote?

Me sobresalté un poco, y cuando me volví apresuradamente me encontré cara a cara con el señor Doyle.

—¿*Tú*? —preguntó—. ¿Qué haces aquí?

¿Había olvidado que me había contratado? Sentí que me sonrojaba, aunque yo no tenía la culpa de su error.

—Esto…, ayer me dijo que viniera a echarle una mano en la tienda.

—¿Qué?

Por la forma en que el anciano también se sonrojó comprendí que me había oído. Pero supuse que quería que se lo repitiera, de modo que obedecí.

—Me contrató para que le ayudara en la tienda.

El señor Doyle guardó silencio unos momentos mientras me miraba de arriba abajo. Estaba claro que yo no le caía bien.

—¿Eso dije?

—Sí. Eso fue lo que dijo —respondí. Me enderecé, como había hecho mamá al plantarle cara hacía unos meses, cuando nos llevó en la lancha y él se quedó observándonos desde la playa, sacudiendo la cabeza con gesto hosco.

El señor Doyle me miró enojado un momento y luego se frotó la barbilla.

—De acuerdo. Empieza por ahí. —Señaló unos elevados estantes de madera llenos de viejos libros y diversos objetos, y me entregó un raído trapo—. Quita el polvo.

Durante tres horas quité el polvo de los estantes del señor Doyle, que al parecer hacía cien años que nadie los limpiaba, mientras él trajinaba a mi alrededor buscando cosas que no encontraba. Tuve que pedirle un trapo limpio en dos ocasiones, porque se ensuciaban enseguida, y si utilizas un trapo sucio sólo consigues mover el polvo de un lado a otro en lugar de eliminarlo. No conversamos, ni silbamos, ni canturreamos. El único ruido era el sonido de sus pies mientras se movía de un lado a otro, y mis estornudos ocasionales.

—¿Has terminado? —preguntó el anciano, cuando me bajé de la silla en la que me había subido para alcanzar las capas de mugre en la parte superior de la estantería. Empecé a sonreír con orgullo, porque había realizado una magnífica tarea, cuando él señaló la mesa en la que estaban las huchas en forma de sirenas—. Ahora ponte a limpiar estos objetos y procura hacer sitio para colocar más sin que parezca un montón de trastos. A muchos clientes les interesarán. —Tomó una de las focas de aspecto malvado—. Encargué que confeccionaran estos selkies en el extranjero por muy poco dinero. Cuando lleguen los turistas los venderé como rosquillas.

—Eso no parece un selkie —dije sin pensar.

—¿Qué?

Sentí deseos de morderme la lengua o propinarme una patada en el trasero. El señor Doyle también parecía dispuesto a propinarme una patada en el trasero.

—Quiero decir que parece sólo una foca furiosa —balbucí, recordando las hermosas ilustraciones que contenían los *Cuentos infantiles sobre selkies*.

—¡Qué sabrás tú del aspecto que tiene un selkie! —masculló el anciano. Luego entornó los ojos y soltó una risotada. No era una risa jovial, sino una mezcla entre una tos y un resuello—. ¡No reconocerías a un selkie aunque lo tuvieras ante las narices, Cordelia Sullivan! Ahora ponte a trabajar —me ordenó.

Yo obedecí.

Traté de construir una pirámide con algunos de los animalitos de peluche grises. Presentaban un aspecto feroz, como si tuvieran colmillos o algo parecido.

—Es suficiente —dijo el señor Doyle—. Así tendré más sitio para colocar esto. —y depositó en la mesa una voluminosa pila de folletos titulados *Cómo reconocer a un selkie* y *La historia de las bestias selkies*.

En ese momento pensé en mamá. Era tan hermosa… Y recordé que me contaba historias sobre los selkies, relatos sacados del viejo volumen. Era la única que conseguía dar vida a esas viejas historias. Sin su voz leyendo los cuentos populares sobre selkies, todo sonaba ridículo. ¡Quién podía creerse que esas gentes podían transformarse en focas y a la inversa!

Me sentí como una estúpida por haberle llenado la cabeza a Ione con esos cuentos.

Pero Ione era lo bastante mayor para darse cuenta de que me lo había inventado todo.

—¿Estás leyendo algo interesante, Cordelia Sullivan? —bramó el señor Doyle, sobresaltándome y haciendo que se me cayera un folleto de las manos. Me apresuré a recogerlo y lo coloqué en la pila.

—No. —Amontoné los folletos con cuidado en cuatro pilas.

—Te aconsejo que te mantengas alejada de ellos, me refiero a los selkies. Ya sé que algunos afirman que no son más que una leyenda. Pero si la gente creyera eso realmente, no vendrían legiones de turistas a Selkie Bay al final de cada verano. La gente dice que no existen —agregó con un tono para variar suave y meloso como mantequilla fundiéndose sobre una rebanada de pan—. Pero nosotros no pensamos eso, ¿verdad?

El señor Doyle me guiñó uno de sus ojillos.

Yo me quedé de piedra.

—¿A qué esperas, muchacha? ¡No creerás que voy a pagarte después de un solo día de trabajo!

—Bueno… yo… —balbucí.

Quería preguntarle a qué se refería, y por qué me había guiñado el ojo como si compartiéramos una broma, lo cual no era cierto, cuando me entregó unos billetes y acto seguido casi me echó de la tienda de un empujón.

—De acuerdo. Aquí tienes tu dinero. Tu trabajo ha terminado por hoy.

Fiebre

Cuando llegué a casa, mi padre ya había regresado. Nunca volvía tan temprano.

Neevy estaba enferma.

—¿Por qué no me llamaste? —pregunté a Ione cuando entré en casa y me acerqué a papá, que sostenía a Neevy junto a su corazón.

Observé el movimiento de su pecho al respirar. Pero apenas se movía.

—No quería llamar al viejo señor Doyle. Y temía ir a la ciudad y dejar sola a Neevy. Y no podía llevarla conmigo con el viento que sopla —replicó Ione—. Llamé a papá al puerto. Después de cinco llamadas alguien contestó por fin. Y vino.

Papá arrullaba a Neevy y ella le escuchaba. Creo.

Ione estaba preparando un caldo en la cocina. El que mamá preparaba cuando sucedía algo así. Al menos se le había ocurrido hacer eso.

—Neevy, pequeña, despierta —susurró papá al oído de Neevy, aunque le oí desde el otro lado de la habitación. Me acerqué y toqué la cabeza de mi hermanita, rogando que no estuviera caliente.

Pero lo estaba.

—Papá —dije—, creo que Neevy vuelve a tener fiebre.

No quería decirlo. Las fiebres de Neevy eran muy extrañas. Cuando nació nos preocupaban mucho. Se ponía roja como un tomate y sus ojos oscuros parecían enormes y vidriosos. No lloraba ni comía, simplemente permanecía tendida en su cuna, sin moverse.

—Quizá deberíamos llevarla al médico —dije, aunque sabía que no teníamos dinero para pagar la factura del médico. Además, los médicos apenas hacían nada para que se pusiera mejor. Siempre decían que la fiebre bajaría. A menos que no bajara. Entonces debíamos llevarla de nuevo para que la vieran.

—Por la mañana —respondió papá—. Si la fiebre no ha bajado, la llevaremos mañana por la mañana.

Hice un gesto con la cabeza a Ione, que vertió el caldo en un cuenco pequeño.

Iba a ser una noche muy larga.

* * *

La fiebre no había remitido cuando Ione y yo nos fuimos a la cama. Yo no quería acostarme aún, pero Ione se negaba a acostarse si yo no lo hacía también. Yo sabía que mi hermana necesitaba dormir para ir al día siguiente a ayudar al señor Doyle en la tienda, y sabía que necesitábamos dinero, sobre todo si teníamos que pagar al médico, de modo que lo sensato era irnos a la cama.

Como era de esperar, Ione quería que le contara otro cuento de selkies referente a mamá. Estando Neevy malita, yo no tenía ganas de discutir. De modo que le conté que nuestra madre selkie fue a cuidar de sus primos, unos cachorros selkies, durante una feroz tormenta, que se quedó con ellos en la isla para que otros selkies pudieran ir a salvar a unos marineros que habían naufragado, y que los marineros les recompensaron con un tesoro. En cierto momento durante el relato, me sentí tan cansada que ya no sabía qué decir. Pero Ione se había quedado profundamente dormida.

Hacia medianoche, me levanté sigilosamente de la cama, entré de puntillas en el cuarto de estar y vi a papá sentado junto al fuego, sosteniendo a Neevy en brazos.

La mecedora de mamá crujió un poco cuando me senté en ella.

—¿En qué estás pensando, papá? —pregunté meciéndome un poco, como solía hacer mamá.

Mi padre no respondió. Supuse que no me había oído, pero antes de que pudiera volver a hacerle la pregunta dijo:

—Pienso en… cosas.

—¿Crees que se pondrá bien?

—¿Neevy? Sí. Creo que se pondrá bien. Le ha bajado un poco la fiebre. Creo que necesita… —Pero no terminó la frase.

—A mamá —dije, terminándola por él—. Neevy necesita a mamá.

No había palabras que mi padre pudiera decir, de modo que se limitó a asentir con la cabeza.

Sostuvo a mi hermana pequeña en sus brazos unos momentos, acariciándole suavemente la frente.

—¿Cómo te ha ido hoy, Cordelia? —preguntó.

Papá era un experto en el arte de cambiar de tema.

—Muy bien. —Me levanté y me acerqué a la pequeña estantería, donde había guardado mi escasa paga—. Toma —dije, entregándole los arrugados billetes que me había dado el señor Doyle.

Él los tomó sin contarlos siquiera y asintió, como si tratara de decir «gracias» pero no pudiera articular palabra.

Cuando me senté de nuevo debí de mover la silla, porque las tablas de debajo de la mecedora de mamá crujieron un poco. Parecía como si la mecedora o el suelo o quizá la casa me retaran a que llenara el espacio vacío entre mi padre y yo con palabras. No sólo palabras, sino preguntas. Durante unos segundos, me sentí valiente.

—¿Estás enfadado con ella? —pregunté a papá por primera vez desde que ella se había marchado.

—¿Con Neevy? —respondió él, aunque sabía que no me refería a Neevy.

—No —contesté. Mi cansancio espoleaba mi valentía—. Me refiero a mamá. ¿Estás enfadado con ella por haberse marchado?

Mi padre no respondió. Al cabo de un momento negó con la cabeza.

—No, Cordelia —murmuró—, ¿cómo iba a enfadarme con ella?

—¿Y si necesita que la ayudes? ¿Irías a ayudarla?

—Tu madre no necesita la ayuda de nadie, Cordie. —La voz de mi padre se rompió y comprendí que yo había ido demasiado lejos.

—Lo siento, papá, yo…

—Tu madre es muy fuerte, la persona más fuerte que conozco. Siempre lo ha sido. Cuando creía que debía hacer algo, no dudaba en hacerlo. Tu madre es muy fuerte —repitió—. Como tú, Cordie.

Hija de la selkie

Por la mañana, aseguré a papá que yo podía cuidar de Neevy sola y le envié a trabajar. Cuando la pequeña se despertó no tenía fiebre. De modo que la envolví en un par de mullidas y desteñidas mantas y la deposité con cuidado en su cochecito. Esta mañana la peque estaba somnolienta.

—Apresúrate, Ione —dije, introduciendo unas rebanadas de pan en la tostadora. No me gustaba que Ione fuera a la ciudad sola, por lo que me ofrecí para acompañarla. Es verdad que cuando teníamos colegio muchas veces regresaba a casa sola, porque ella y yo asistíamos a clase a distintas horas. Pero eso era antes.

Mientras nos dirigíamos a la ciudad, Ione se puso a masticar ruidosamente su tostada en lugar de hablar conmigo. Y cuando llegamos, se acercó de mala gana a la tienda del señor Doyle. Yo me había asegurado de que tuviera un aspecto presentable, por lo que la había vestido con su camiseta más limpia (la de color púrpura a rayas) y me había esmerado en cepillar su encrespado cabello. Le había advertido muchas veces que no hiciera enfadar al anciano. Durante la caminata hasta la ciudad, no mencionó las historias que yo le había contado sobre mamá, y yo tampoco lo hice.

—Pórtate bien, Ione —dije cuando giró el pomo de la puerta de la tienda. Ella volvió la cabeza y me sacó la lengua. Todavía tenía algunas migas pegadas en los labios, pero ya era demasiado tarde para hacer algo al respecto.

Me quedé con la pequeña, que dormía a pierna suelta en el cochecito. Crucé la calle hacia La Cabellera de la Sirena, pero Maura había pegado en la puerta un letrero que decía CERRADO HASTA EL PRIMERO DE MES. De modo que me acerqué a un «trono de turistas» —que era como llamábamos a los bancos que había en el puerto, frente al mar— y me senté un rato en uno de ellos.

Era temprano, pero las tiendas empezaban a abrir. La primera siempre era el Supermercado Flipper's. Olías el aroma del café desde el otro lado de la calle. La mayoría de los dueños de establecimientos iban allí a tomarse un café, incluso los que preferían el té. Hoy la ciudad se movía lentamente, a diferencia de cuando llegara agosto dentro de unas semanas,. Entonces el escaso tráfico de quienes salían a dar una vuelta por la mañana sería sustituido por el bullicio de las familias que deseaban darse un baño veraniego, realizar una gira en bote por el puerto o quizás atisbar un selkie.

Aunque el fresco aire matutino me sentó bien, Neevy tiritó un poco. Tenía las mejillas de color rosa intenso, no el color sonrosado de un bebé sano y sonriente, sino un rosa casi rojo de un bebé que no se encuentra bien.

Y tenía los labios pálidos. Le toqué la frente.

Tenía fiebre.

Eché a andar rápidamente hacia casa. Pensé en ir en busca de papá, que se hallaba al otro lado del puerto, en el muelle de los trabajadores, donde los turistas no iban nunca porque el espectáculo de unos barcos cubiertos de herrumbre en dique seco no resultaba atrayente. Pero era una larga caminata y tenía que pasar frente a un par de *pubs* menos elegantes que los tres con el nombre de la reina de los piratas. Maura decía que eran unos tugurios y que no nos acercáramos a ellos. Algunas veces, cuando había tenido que pasar junto a ellos, no me había hecho ninguna gracia. Además, no quería que papá tuviera que volver a abandonar su trabajo temprano.

De modo que me apresuré hacia casa. Caminaba a paso tan acelerado, que Neevy botaba ligeramente de un lado a otro en su cochecito, pero no se despertó.

* * *

Neevy tuvo fiebre durante toda la mañana y primeras horas de la tarde. Yo traté de darle de beber agua y leche, pero no las quiso.

Ione apareció por fin a las dos.

—¡Ay, Cordie, jamás adivinarás lo que he hecho!

—Bueno, para empezar llegas dos horas tarde. ¿Dónde has estado? —pregunté, manteniendo a Neevy tapada para que Ione no viera que tenia los ojos rojos y se inquietara porque no le había bajado la fiebre. Mi hermana se preocupaba siempre por todo.

—Ese señor Doyle es..., bueno..., bastante rarito —dijo Ione.

Entró en la cocina, tomó un trozo de pan y lo devoró. Yo me había olvidado de guardarlo después de intentar dárselo a Neevy. Probablemente estaba un poco duro, pero al menos se lo comería alguien y yo no tendría que tirarlo. Debía acordarme de cuidar mejor de las cosas.

—¿Qué te ordenó el anciano que hicieras? —pregunté—. Ayer tuve que quitar el polvo, colocar unos animales de peluches en varias pilas y ordenar unos folletos.

—Bueno, al principio me miró entrecerrando los ojos, como si yo fuera una rana o algo parecido. Dijo que si no me conociera, creería que estaba mirando a una joven selkie, porque tengo el pelo y los ojos tan oscuros. Entonces le contesté: «Eso es porque mi madre es una selkie, pero es un secreto. Así que no se lo diga a nadie».

—¿Cómo se te ocurrió decirle eso? —Me levanté, casi dejando caer a Neevy al suelo. La pequeña se despertó, lloriqueó un poco y volvió a dormirse.

—Ya sé que era un secreto, Cordie, pero no te imaginas lo que él respondió.

—Veamos —respondí, sabiendo lo que Ione iba a decir. Supuse que el anciano le había dicho que su hermana mayor era una idiota. Que su hermana le había contado una gran mentira. Ambas cosas eran, en este momento, ciertas.

—Dijo «¡Lo sabía!» dándose una palmada en la pierna, como si yo le hubiera contado un chiste. «¡Lo sabía, lo sabía!», repitió bailando alrededor de la habitación. Yo no sabía que pudiera moverse de esa forma. Tenía un aspecto muy cómico. De modo que me eché a reír. ¡Y el señor Doyle también se echó a reír, Cordie!

El señor Doyle era incapaz de reírse. Mi hermana debía de estar confundida.

—Entonces me pidió que le diera detalles, y le conté todo lo que recordaba. Le hablé sobre el viejo libro y me preguntó si podíamos prestárselo, y yo, como es natural, le dije que sí. Creo que estaba equivocada respecto a él. Ya no le odio. ¡Lo pasamos estupendamente!

Empecé a sentirme enojada con el señor Doyle. Sí, no me había llamado embustera ni había dicho a Ione que los selkies no existían. No había destruido la pequeña esperanza que yo había dado a mi hermana.

Pero quizás habría sido preferible que lo hiciera.

—Me llevó a dar una vuelta en su bote, Cordie. El que utiliza para llevar a los turistas de excursión. Dijo que iba a hacer un letrero bien grande para que yo lo sostuviera delante de su tienda. Luego dimos una vuelta por el puerto en el barco para los turistas, aunque huele como el humo de los coches. Dijo que sería bueno para su negocio que la gente viera a una joven selkie navegando en el barco. ¿No lo entiendes, Cordie? ¡El señor Doyle cree que quizá yo también sea una selkie!

En ese momento comprendí que yo había ido demasiado lejos.

—Cálmate, Ione —dije con tono suave y sosegado, tan sosegado que Ione me miró sorprendida.

—¿Qué pasa, Cordie? ¿Por qué te pones así? —preguntó con tono lastimero. Luego abrió mucho los ojos y añadió—: ¿Has tenido noticias de mamá?

Me toqué el bolsillo donde había guardado la carta para asegurarme de que seguía oculta y respiré hondo.

—Ione, las historias que te he contado eran eso, simples historias. ¿Lo sabes, verdad? Tú no eres una selkie. Mamá no es…

Ione hizo un ademán para interrumpirme.

—Sabía que dirías eso. El señor Doyle me lo advirtió.

—Ione…

Pero ella no me escuchó. Se acercó al fregadero para llenar un vaso de agua, abriendo el grifo del todo para ahogar el sonido de mi voz.

—Tú tenías razón —continuó—. Está claro que mamá es una selkie. De no ser así, ¿por qué se ha ido? —Ione se volvió y me miró a la cara, y en un segundo pasó de la euforia al desconsuelo—. ¿Porque no nos quiere? Mamá nos quiere, ¿verdad? —preguntó mientras las lágrimas rodaban por sus mejillas.

—Claro que nos quiere.

—Entonces tenemos que intentar que vuelva —gimió Ione.

*　*　*

Y así fue cómo esa tarde regresamos al puerto, llevando con nosotras a la pequeña pese a que tenía fiebre, mientras el viento estival azotaba nuestras mejillas y agitaba nuestro cabello, excepto el de Neevy, claro está. Nos colocamos de cara al oeste en dirección de las olas, e hicimos lo único que se nos ocurrió hacer para que nuestra madre regresara. Lo único que según las leyendas podía lograr que regresara una selkie. Fue idea de Ione, y no tuve el valor de negarme. Por suerte en ese momento no pasó ningún transeúnte, porque le habría chocado vernos. A las tres chicas Sullivan, solas, derramando nuestras siete lágrimas plateadas en el mar y dejando que flotaran sobre la espuma, confiando en que trajeran a nuestra madre de regreso.

Solas

Cuando mi padre regresó a casa tomamos una sencilla cena compuesta por una sopa y sándwiches de queso. A mamá no le gustaban los sándwiches de queso, pero a los demás nos chiflaban.

—Hay un viejo barco en un museo en Glenbay que debe ser restaurado —dijo papá por fin, como tanteando el sabor de las palabras con la lengua—. Pagan muy bien, pero me no gusta dejaros solas. —Se detuvo y comió una cucharada de sopa—. No estaré ausente mucho tiempo, quizás un par de días. —No era preciso que dijera que necesitábamos el dinero. Todos los sabíamos. Y no era la primera vez que su trabajo le llevaba lejos de Selkie Bay, sólo la primera vez desde que mamá se había marchado—. Puedo pedir a Maura que se ocupe de vosotras —añadió, señalando hacia la ciudad con su cuchara—. La llamaré esta noche para proponérselo.

Ione empezó a protestar, pero yo le di una patada por debajo de la mesa, no muy fuerte, lo suficiente para atraer su atención.

—Lo haré yo, papá. Mañana hablaré con Maura.

Mi padre comió un bocado de su sándwich y miró a Ione, cuyos ojos lagrimeaban debido a la patada que yo le había dado. Mi hermana era muy dada a montar el numerito.

La miré furiosa, como diciendo «calla o papá se enterará de que Maura se ha ido y no querrá marcharse».

—Pero, Cordie... —dijo Ione con la boca llena.

De haber podido lanzar unos rayos con mis ojos para abrasarle la lengua y obligarla a guardar silencio, no habría dudado en hacerlo.

—Todo irá bien —dije. Sonreía de forma exagerada, de ese modo forzado en que tus mejillas se esfuerzan en tirar hacia arriba de tu boca, como si la felicidad fuera real.

Papá se volvió hacia mí y respondió:

—Si puedes encargarte tú, Cordie, si puedes hablar con Maura y pedirle que se ocupe de vosotras, me evitarás tener que buscar el momento de hacerlo yo.

Luego siguió comiendo y yo miré a Ione con gesto de advertencia, rogando que no lo estropeara todo. Ella empezó a sonreír, su sonrisa era auténtica. Probablemente pensaba que nuestro pequeño truco haría que nuestra madre apareciera de pronto, entrando alegremente por la puerta trasera. Por suerte, al menos no dijo nada.

—Desde luego, papá. Me ocuparé de ello por la mañana.

Lo cierto es que no me gusta mentir, pero soy una persona práctica, una persona que hace lo que debe hacer (como inventarme las historias que Ione necesitaba oír, por más que temía meterme en un gran lío), y lo que debía hacer ahora era conseguir que mi padre se fuera a Glenbay y ganara un montón de dinero, mientras Ione y yo nos las arreglábamos solas.

Y cuidábamos de Neevy, por supuesto.

—... y Neevy parece estar mejor —dijo mi padre. Yo asentí, tratando de prestar atención. Neevy estaba sobre una manta en el suelo, junto a nosotros, jugando con un cucharón de goma de la cocina—. ¿Aún tiene fiebre?

—Creo que no —respondí.

Esta vez decía la verdad. Esta noche Neevy estaba mejor que por la mañana. Pero quizás había contribuido a su mejoría la fresca brisa del cercano mar que se había levantado hacía un rato. Neevy siempre se mostraba más activa cuando el aire refrescaba. Y había empezado a formarse una densa y húmeda niebla.

—Perfecto —dijo papá—. Por la mañana partiré para Glenbay con el Viejo Jim. No me lo imagino circulando por esas serpenteantes carreteras con esta niebla.

—Se levantó y se acercó al fregadero, lavó su cuenco y luego examinó su caja de herramientas, asegurándose de que tenía todo lo que necesitaba para la tarea que le aguardaba.

—Yo fregaré los platos —dije a Ione—. Ve a jugar un rato con Neevy.

Ione odiaba los quehaceres domésticos, de modo que se levantó, tomó a Neevy en brazos y se dirigió al cuarto de estar antes de que yo cambiara de opinión. Recogí los cuencos y los platos de la mesa y me puse a fregarlos, dudando de si tendría el valor para confesar a papá las mentiras que había contado a Ione. Las enormes mentiras sobre los selkies. Había hecho mal y lo sabía. Pero no sabía cómo salir del aprieto. No sabía cómo explicar a Ione la verdad y lograr que me creyera sin empeorar la situación.

Pero si se lo confesaba a papá, sabría que yo era una embustera y quizá pensara que le había mentido al decirle que pediría a Maura que cuidara de nosotras. Mientras miraba por la ventana de la cocina, tratando de aclarar la confusión mental que tenía, mi padre me preguntó:

—¿Estás bien, Cordie? El grifo lleva abierto mucho rato.

Me apresuré a cerrarlo y me volví hacia él. Estaba sentado en el suelo de la pequeña cocina, frente a su caja de herramientas. Entonces lo vi.

—¿Qué es eso? —pregunté, aunque sabía exactamente lo que era. El azucarero de mamá. Allí, en la caja de herramientas de papá.

—Pues... sólo es un viejo bote. Contiene... cosas... tornillos, roscas...

—No es sólo un viejo bote. Es un azucarero. Y sé lo que contiene.

La voz me temblaba y tenía el dedo apuntando frente a mí, señalando el azucarero. Mi dedo también temblaba.

—¿Pero qué dices, Cordie? —contestó mi padre en voz baja, como si no quisiera que Ione nos oyera, porque probablemente no quería que nos oyera.

—Ese azucarero está lleno de dinero. Lo sé porque mamá me lo dijo en su nota.

—*¿Tienes una nota de tu madre?*

Asentí y la saqué del bolsillo. Estaba arrugada y era suave al tacto y mi temblorosa mano la sostenía como una vieja rama sostiene una hoja seca.

Mi padre temblaba también. Pero la leyó, la dobló y me la devolvió.

—¿Cómo has podido hacer eso, papá? ¿Cómo has sido capaz de dejar que trabajásemos para el señor Doyle si tenías el dinero?

—Cordie, yo...

Pero no dijo nada más. Se quedó sentado en el suelo de la cocina, contemplando el azucarero en su caja de herramientas. Luego lo tomó y me lo entregó.

Pesaba mucho.

Lo abrí. Estaba lleno de dinero. Mucho dinero. En el fondo había un montón de monedas, pero la parte superior rebosaba de billetes.

—¿Por qué, papá? ¿Por qué no lo utilizas para pagar las facturas? ¿No habría querido mamá que pagaras las facturas?

—A veces hay cosas más importantes que el dinero —fue lo único que dijo.

—¿Qué quieres decir con eso?

Mi padre se encogió de hombros y observé que se había encerrado en ese lugar en su interior donde no quería hablar con nadie. Pero yo estaba demasiado furiosa para dejar que se encerrara en su pequeña cámara de silencio.

—¿Por qué todas las personas adultas de esta casa me mienten? ¿Por qué una se marcha a un lugar lejano y desaparece y la otra desaparece aquí mismo, ante mis propios ojos?

Mi padre se levantó y apoyó las manos en mis hombros.

—Guarda este dinero, Cordie. Espero que no lo necesites mientras yo esté fuera, pero guárdalo tú por si acaso.

Yo quería dejar que el azucarero cayera al suelo y se hiciera añicos.

Pero lo sostuve.

—Lo guardaba por un motivo, Cordie. No puedo decírtelo porque lo he prometido, aunque empiezo a dudar de si hice bien. Hay cosas que no puedo revelarte, y aunque pudiera, no sabría cómo hacerlo.

Sus manos eran firmes, como si quisiera transmitirme a través de sus brazos los secretos que no podía revelarme.

Pero si él era demasiado cobarde para revelarlos, yo estaba demasiado furiosa para tratar de comprenderlos. Así pues, oculté el azucarero debajo de mi camiseta para que Ione no lo viera y me dirigí a mi habitación.

—Cordie… —oí decir a mi padre, pero no me volví.

La percha vacía

CON LA LUZ DEL AMANECER asomando por la ventana, sentí el beso de papá en mi frente y las palabras que me susurró: «Adiós, Cordie. Nos veremos dentro de un par de días». Yo fingí estar dormida cuando el Viejo Jim llegó con su destartalado coche para recoger a papá.

Cuando el ruido del coche dejó de oírse, me levanté de la cama y busqué un sitio donde ocultar el azucarero. No podía dejarlo donde Ione pudiera encontrarlo, y en nuestra habitación no había ningún escondite que ella no conociera. Dado que era verano, apenas utilizábamos el armario de los abrigos del pasillo. La puerta chirrió un poco cuando la abrí. El estante superior, que estaba vacío, parecía demasiado obvio, de modo que me arrodillé en busca de… ¿qué? No estaba segura.

—Ahí es donde mamá lo colgaba, ¿verdad? El abrigo que la transformó de nuevo en una foca —dijo Ione, acercándose por detrás cuando yo estaba sentada en el suelo apartando el cochecito plegable de Neevy y unas viejas cajas. Ione movió la percha vacía con los dedos y ésta chirrió un poco mientras oscilaba de un lado a otro.

Estaba claro que no podía esconder nada allí.

—¿Cómo es que ya te has levantado? —preguntó Ione, sentándose en el suelo junto a mí. Emitió un largo suspiro. Iba a tener un día difícil.

Aunque yo estaba enfadada, alargué la mano y le acaricié el pelo como habría hecho mamá.

—No empieces. Hoy no quiero pelearme contigo.

Ella se sorbió los mocos y se limpió la nariz en la manga de su pijama.

—Tienes razón. No debemos pelearnos, dado que mamá no tardará en volver.

Deseé que Neevy se despertara y rompiera a llorar para que Ione y yo nos olvidáramos de que estábamos sentadas en este estúpido ropero. Pero Neevy no dio señales.

—¿Qué hacías aquí, Cordie? —preguntó Ione, cuando al fin se le ocurrió lo chocante que era verme a cuatro patas moviendo cosas en el ropero—. ¿Y qué haces con el azucarero? —Antes de que yo pudiera ocultarlo a mi espalda, me lo arrebató de las manos y lo destapó.

—¡Madre mía! —Ione abrió los ojos como platos al sacar el grueso fajo de billetes del azucarero—. Pero, Cordie, ¿cómo es que tú…?

Neevy empezó a berrear a pleno pulmón, aunque demasiado tarde para salvarme. Ione no dejaba de mirar el dinero que sostenía en la mano, de modo que se lo arrebaté y reordené los billetes en un fajo.

—Ve a por Neevy —le ordené.

—Pero, Cordie… —susurró Ione, aunque no había nadie en la casa que pudiera oírnos excepto Neevy, que no podía comprender lo que sucedía—. ¿Qué…, cómo…?

—Te lo contaré más tarde —repuse—. Ahora ve a por la pequeña antes de que intente de nuevo trepar sobre la barandilla de la cuna.

Ione asintió y fue en busca de Neevy. Supuse que aún no se había recuperado de la sorpresa, porque no dudó en obedecerme y se volvió dos veces antes de doblar la esquina del pequeño pasillo y dirigirse a la habitación de Neevy.

¿Cómo explicarle…?

¿Fue así como se sintió papá anoche, cuando *yo* descubrí el dinero?

* * *

—Ya está limpia —dijo Ione, que había cambiado a nuestra hermana a una velocidad pasmosa y sonreía como una gata que acaba de descubrir un litro de nata—. Y hambrienta.

Puse dos rebanadas de pan en la tostadora para Ione y para mí. Neevy permaneció callada mientras yo le preparaba un bol de papilla de avena, ocupada y excitada ante el insípido desayuno que iba a tomar. Pero sentí los ojos de Ione fijos en mí, esperando que dijera algo.

—Hoy tengo que ir a la tienda del señor Doyle —dije, aunque no me apetecía ir.

—¿Por qué? Ahora ya no necesitamos el dinero. —Ione sentó a Neevy en su sillita y empezó a darle de comer, primero la papilla de avena y luego un poco de puré de manzana que había quedado. Neevy era un desastre manejando la cuchara por su cuenta—. ¡Incluso podemos comer en un restaurante! Tienes el azucarero…

—Ese dinero no es mío para utilizarlo como quiera. En todo caso, no para cosas corrientes.

—¿Lo has robado, Cordie? ¿Lo has robado de algún sitio y querías esconderlo en el ropero?

El tono de Ione indicaba que sentía más curiosidad que desagrado, como si no le hubiera importado en absoluto que yo hubiera robado el dinero.

—No lo he robado. Pero en realidad ese dinero no es nuestro para gastarlo como nos apetezca. —Yo no sabía cuánto debíamos de alquiler y el resto de las facturas. Puede que ese dinero no nos alcanzara para saldar nuestras deudas. Además, no podía dejar de preguntarme para qué lo había guardado papá. Tomé la cuchara y el bol casi vacío de Neevy y empecé a lavarlos en el fregadero—. Siéntate a desayunar, Ione. Yo iré a la tienda del señor Doyle.

—Quizá sería mejor que fuera yo. Me dijo que necesitaba a una niña selkie…

—Ya recuerdo lo que dijo. Pero no irás. Me toca a mí. —Pensaba decirle un par de cosas al señor Doyle—. Volveré a la hora de comer para ver cómo estáis. Todo se arreglará —dije.

—Claro que sí. Mamá no tardará en volver, ¿recuerdas? Derramamos siete lágrimas. —Ione se sentó en su lugar habitual a nuestra pequeña mesa de cocina y observó su tostada con desgana, pero comió unos bocados. En ese momento ni siquiera parecía que tuviera ocho años. Parecía muy pequeña. Tan pequeña y joven y *tan llena de esperanza.*

—Ione —dije—. Mamá no…, bueno…, esas siete lágrimas seguramente tardarán un tiempo en llegar a la isla —dije antes de que pudiera cambiar de parecer.

A veces era más fácil seguirle el juego.

—Pero ella llegó enseguida para salvar a papá.

—Porque estaba cerca, nadaba alrededor del barco como hacen los selkies. Probablemente llevaba puesta su piel de foca.

—Ahora también debe de llevarla puesta, ¿no crees? Su abrigo ha desaparecido… Ese abrigo me encantaba. Era tan suave.

—Si, las pieles de foca son muy suaves. Estoy segura de que mamá lleva ahora puesta la suya, y probablemente esté nadando en algún lugar lejano. De lo contrario, estaría cuidando de nosotras. Velando por nosotras desde la bahía.

Ione fijó la vista en el techo mientras reflexionaba sobre la lógica de mi argumento.

—No. Seguramente está en una isla, o puede que se haya ido más al norte. Quizá tenga ganas de comer cangrejos.

Yo sentía aún en la boca el sabor de las mentiras que había dicho ayer. Hoy sabían peor. Amargas y agrias. Pero me dije que todo se arreglaría. Paso a paso. Hablaría con Ione sobre su mamá «selkie» cuando hallara un escondite para el dinero. Porque, conociendo como conocía a Ione, se pasaría toda la mañana buscando el azucarero lleno de dinero. Si no lograba dar con él, quizá se olvidara del tema.

* * *

—Ah, eres tú —dijo el señor Doyle cuando abrió la puerta de su tienda mientras yo subía los escalones.

—Hoy he venido yo, señor Doyle, y tenemos que hablar. —Incómoda, trasladé mi peso del pie izquierdo al derecho y de nuevo al izquierdo. Mi incomodidad se debía a que había metido todo el dinero en mis zapatos, excepto las monedas, que había guardado en mis bolsillos. Era cuanto podía llevar en los viejos vaqueros que me había puesto. No había dejado una sola moneda en casa para que Ione la encontrara.

—No te pago para hablar, Cordelia, sino para que trabajes —gruñó el anciano, cruzando los brazos y poniendo los ojos en blanco—. Entra y oigamos lo que tienes que decir para que puedas ponerte manos a la obra de una vez.

Entré detrás de él y respiré hondo. Quería comportarme de forma diplomática. Al menos, eso pensaba. Pero en cuanto abrí la boca para hablar, la cajita de la ira se abrió de golpe.

—¿Por qué le ha mentido a mi hermana?

El anciano soltó un bufido que reverberó dentro de su nariz antes de salir disparado.

—¡Mira quién fue a hablar!

Ahí me había pillado.

Rebusqué en mi mente más munición.

—¿De modo que reconoce que mintió a Ione diciéndole que era una niña selkie?

—Ni mucho menos. Conviene que te aclares con tu historia, señorita Sullivan, antes de acusar a la gente de cosas de las que no sabes nada. Ha llegado el momento de que conozcas la verdad sobre Selkie Bay.

El relato del señor Doyle

Hay todo tipo de mentirosos, jovencita.

A veces las personas creen que dicen una mentira para arreglar las cosas. Pero en tal caso dicen dos mentiras. Una a otra persona y otra a sí mismas.

La mayoría de la gente cree que los selkies son seres mágicos, bellísimos, medio humanos y medio focas, místicos e incomprendidos..., como un unicornio o ese caballo imaginario dotado de alas.

Pero los selkies no son bellísimos ni mágicos ni imaginarios. Bueno, quizá su capacidad de cambiar de forma sea mágica, pero sólo un poco.

En primer lugar, los selkies son mentirosos y ladrones. Lo sé porque a mí me robaron. Y tú también deberías saberlo, porque tu madre era una de ellos.

He conocido a tres selkies reales y auténticos en mi vida, al menos que yo sepa. Quizá fueran más y no me di cuenta. El primero fue cuando yo era niño. Estaba con mi padre en una isla cercana, para resolver el problema de las focas. Era una isla distinta de todas las que había visto. Había cuevas en las que ocultar tesoros y toda ella estaba llena de focas.

¡Dichosas focas! ¡Se comían todos los peces de la bahía y alrededores! Mi padre era pescador, así que imagínate el problema. Los pescadores regresaban siempre de sus salidas al mar con los botes vacíos. De modo que hicimos lo que los pescadores hacían en esa época. Resolvimos el problema. Ni siquiera una foca macho puede competir con un hombre armado con un palo. No me mires así. ¿Crees que me gustaba? ¿Crees que disfrutaba con lo que tenía que hacer? Fue espantoso. Atacar a esas focas grises fue lo más atroz que tuve que hacer nunca. Todavía tengo pesadillas y cuando estoy despierto y pienso en ello siento náuseas, me pongo a sudar frío y me estremezco.

Mi padre y yo íbamos armados con nuestros palos. Yo lloraba por tener que hacerlo y mi padre me gritó que debía portarme como un hombre. De repente apareció *ella*, una foca gigantesca de color negro, distinta a todas las que había visto hasta entonces. Había algo en sus ojos, unos ojos feroces y diabólicos. Unos ojos terroríficos. Y cuando los miré comprendí que no era una foca corriente y vulgar. Era demasiado inteligente, la mente de un humano en una piel de foca. Mi padre y yo tratamos de darnos a la fuga. Al ver a esa foca diabólica, mi padre se santiguó y echó a correr. Pero tropezó con su palo y se rompió la pierna. Yacía en el suelo, gimiendo de dolor, mientras la selkie se dirigía hacia nosotros. Me tapé la cara con las manos. Rogué a la foca que no nos hiciera daño. Sentí su aliento caliente en mi mejilla y estaba convencido de que iba a morir.

Pero la foca no me tocó. Y cuando abrí los ojos, había desaparecido, al igual que las demás focas. Se habían ido con ella, excepto los centenares de focas muertas diseminadas por la playa.

Las focas no han vuelto a aparecer desde entonces. Muchos años más tarde vinieron unos científicos, como supongo que sabes, Cordelia, porque tu padre era uno de ellos. Vinieron en busca de las focas que habían desaparecido, las focas pixies como las llamaban, para estudiarlas, pero el proyecto fracasó, como bien sabes.

La siguiente selkie que vi fue en forma de una mujer llamada Pegeen. Caí bajo su hechizo y me casé con ella. Pero al poco tiempo me robó todo el dinero que tenía y se fugó con él a esa isla secreta. Estoy convencido de ello. La he buscado incansablemente, a ella y esa isla. No he dejado de buscarlas.

Pero esta historia no es sobre Pegeen, ¿verdad?

La tercera selkie a la que conocí fue tu madre.

La primera vez que la vi comprendí que Rose Sullivan era una de esas criaturas focas, debido a los conocimientos que yo había adquirido sobre ellas. Tu madre y yo discutíamos sobre esa isla. Me consta que mintió al decir que no sabía dónde estaba. Y discutíamos sobre mi negocio de excursiones en bote. Decía que yo era un explotador. Que me aprovechaba de las personas y les mentía. ¡Que les mentía! ¡Mira quién fue a hablar!

Y ahora tu madre ha desaparecido, Cordelia, porque es lo que hacen los selkies. Se marchan. Oyen la llamada del mar y se marchan. Yo sabía, tan cierto como que la luna sustituye cada noche al sol en el cielo, que tu madre se marcharía. Te aconsejo que vigiles a tu hermana, por si un día oye también la llamada del mar. La llamada para que vaya a esa isla donde los selkies ocultan sus tesoros.

La foca

—No creo una palabra de lo que ha dicho —declaré.

—Supuse que no lo creerías. Eres igual que tu padre —respondió el señor Doyle.

—¿Qué quiere decir con eso?

—Que las personas que nacen con la sangre de Selkie Bay en sus venas saben cosas que al resto de los mortales les parecen increíbles.

—Yo nací en Selkie Bay —repliqué.

—Pero no eres uno de ellos. Ione, en cambio, quizá lo sea. Está por ver.

Empezaba a pensar que el viejo y cascarrabias señor Doyle era en realidad el viejo y chiflado señor Doyle.

—No quiero que lleve a Ione a navegar en su bote.

—Todas las leyendas provienen de alguna parte, todos los cuentos de hadas que has oído contienen una pizca de verdad. En este caso, todo un tarro. Un tarro de verdad.

Pensé, turbada, en el azucarero que contenía el dinero y sentí que me sonrojaba.

—No creas que las gentes de la ciudad no se hacen preguntas sobre Ione, teniendo en cuenta que es hija de vuestra madre. La gente habla. Yo escucho. Ofrezco a la gente lo que desea. Lo único que pretendo es promover mi negocio. Y si lo consigo significa que podré pagar mejor a mis empleados. Tú y yo estamos juntos en esto, Cordelia.

Tuve la sensación de que la cantidad de dinero que llevaba en los zapatos era enorme, haciendo que pareciese más alta.

—Entonces no seguiré trabajando para usted. Y mi hermana Ione tampoco. No queremos tener nada que ver con... explotadores —dije, utilizando con orgullo una palabra que utilizaban los adultos—. ¿Qué es lo que muestra a los turistas que son tan estúpidos como para realizar esas excursiones en su bote? Ya no hay focas pixies ni selkies...

—Hay focas si sabes dónde buscarlas, a lo lejos, distintas de las focas pixies. Pero están allí. Además, sólo un ojo experto puede distinguir la diferencia entre una foca y un selkie. Y para que lo sepas, no son sólo los forasteros quienes sienten curiosidad. Algunos lugareños jurarían sobre la tumba de su madre que han visto a un selkie. Acuden a mí para que confirme sus sospechas. Y yo, por una modesta suma, estoy dispuesto a hacerlo.

En ese momento di media vuelta y eché a andar hacia la puerta sin volverme. Pero el señor Doyle me agarró del brazo.

—Tú sabes dónde está, ¿verdad? Ella te lo dijo. Te dijo dónde está la isla. Dónde está el tesoro.

—¿Qué tesoro? No sé a qué se refiere. Déjeme en paz.

Salí volando de la tienda y bajé apresuradamente los escalones, donde me tropecé con Ione, que en esos momentos pasaba empujando el cochecito frente a la tienda del señor Doyle.

—¡Cordie! ¡Cordie! ¡Cordie! ¡Jamás adivinarás lo que ha ocurrido! —gritó, parándose en seco con el cochecito y haciendo que Neevy saltara hacia delante y dejara caer el plátano pelado que estaba comiendo. Por la cara que puso, deduje que no había logrado llevarse a su hambrienta boquita un solo trozo del plátano.

—¿Qué haces aquí? Supongo que Neevy estará mejor, ¿no? —pregunté, aunque sabía que era otra cosa lo que había inducido a Ione a venir con la pequeña a la ciudad.

Ione se apresuró a recoger el plátano del suelo, fingió limpiarlo y se lo entregó de nuevo a Neevy.

—Ione —le advertí.

Ella se encogió de hombros y tocó la frente de Neevy con el dorso de la mano.

—No. No tiene fiebre. No está muy caliente —dijo, aunque no tenía la menor idea de lo que significaba estar «muy caliente».

Toqué la cabeza de Neevy para cerciorarme. Era cierto, no parecía tener fiebre. Y parecía más animada que anoche. Agarré el cochecito con una mano y a Ione con la otra y nos alejamos rápidamente de la tienda del señor Doyle.

—¿Ha tosido la pequeña? —pregunté.

—No.

—De acuerdo. Morderé el anzuelo. ¿Qué ha ocurrido para que estés tan excitada?

Cuando por fin pasamos de largo frente al establecimiento de Chippy's, supuse que podíamos reducir un poco la marcha. Siempre olía maravillosamente a media mañana, cuando freían la primera tanda de pescado del día. Mis tripas protestaban de hambre y tuve que recordarme que, a pesar de los billetes que llevaba en los zapatos, no podía gastar ese dinero porque no era mío.

Ione había esperado que yo le preguntara sobre ese «jamás adivinarás lo que ha ocurrido», pero ahora que lo había hecho, guardó silencio unos momentos. Observó con expresión famélica a un par de lugareños que salieron de Chippy's sosteniendo unos deliciosos y dorados trozos de pescado envueltos en papel de periódico, la forma tradicional de comer pescado y patatas fritas.

—¿Por qué te fuiste de la tienda del señor Doyle? —me preguntó, al darse cuenta por fin que me había marchado temprano.

—Te lo contaré más tarde —respondí, tirando de ella calle abajo para alejarnos de la fachada de la odiosa tienda del señor Doyle, y del delicioso aroma proveniente del establecimiento de Chippy's que me atormentaba. Nos detuvimos frente a la librería Relatos de la Ballena, donde me senté en mi banco favorito, el que tenía forma de delfín. Como había sitio para dos, indiqué a Ione que se sentara a mi lado.

—Ahora dime qué has venido a hacer aquí.

—Tengo miedo de que te enfades.

—¿Dejaste que la pequeña tirara algo importante por el retrete? —pregunté, aunque estaba segura de que, puesto que hacía poco que Neevy había aprendido a incorporarse, aún no era capaz de tirar de la cadena del retrete. Al menos, todavía.

—No. Tenía que verte, Cordie.

Suspiré como suele hacer papá cuando no quiere enfrentarse a un problema.

—Sabes que no debías salir de casa. ¿Por qué tenías que verme?

Ione se levantó de un salto del banco del delfín y se volvió, mirándome con ojos brillantes y excitados. Casi chocó con un hombre de largas melenas que se disponía a entrar en la librería, pero por suerte él la vio primero e hizo una extraña maniobra para evitarla. En otras circunstancias me habría reído de la ridícula danza que ambos ejecutaron, pero había algo en la forma en que se comportaba Ione que me inquietó profundamente.

—Fuimos al muelle. Empujé el cochecito de Neevy por el embarcadero lleno de socavones y la vi, Cordie. Vi a mamá.

El corazón me dio un vuelco. *¿Ione había visto a mamá?* Me sentí mareada y acalorada y llena de todo tipo de emociones que pugnaban por salir, hasta que comprendí que mi hermana debía de estar confundida. De haberla visto, mamá estaría en estos momentos aquí, hablando con nosotras.

Y no estaba.

—Y ya sé por qué no ha regresado —continuó Ione, tras concluir su festival de saltos y brincos y sentarse de nuevo junto a mí, susurrando—. Todo tiene sentido, Cordie. Está clarísimo. Está atrapada en su forma de foca.

¿Su forma de foca?

¡Qué estúpida había sido yo al llenarle la cabeza con esas historias sobre selkies!

—Verás, había una foca negra, negra y gris plateada como el abrigo de mamá —prosiguió Ione—. Sé que era ella. Me miró, Cordie. Me miró directamente. ¿Cuándo fue la última vez que viste a una foca entrar tranquilamente en la bahía? Yo te lo diré. Nunca. Papá siempre dice que las personas y sus barcos mantienen a las focas alejadas. ¡Pero yo la vi! Junto al muelle. Mamá vela por nosotras, Cordie.

Yo no tenía palabras para expresar los sentimientos que bullían dentro de mí. La cajita de la ira se abrió un poco y unos enfurecidos duendecillos empezaron a agitarse en mi cabeza. Esta vez, no sólo estaba furiosa con mamá y papá, sino conmigo misma. *¿Cómo había sido capaz de dejar que esta situación se prolongara?*

—Ya sé lo que vas a decir, Cordie. Puedo adivinarlo. Pero yo sé lo que vi. —En los ojos de Ione brillaba una luz que había permanecido casi apagada desde que mamá se había ido, pero hoy resplandecía con fuerza—. No sabes lo feliz que me siento.

De haber estado mamá aquí, habría dicho algo así como «has cometido un error, Cordie, y tienes que pechar con las consecuencias». Mamá conocía muchos proverbios de este tipo. Pero ella también había cometido un error, al menos en parte. Lo había cometido al abandonarnos.

Respiré hondo. Y una segunda vez antes de decir:

—De acuerdo, es hora de que regresemos a casa.

—No hasta que le dé esto al señor Doyle. Me lo ha pedido prestado. —Ione sacó los *Cuentos infantiles sobre selkies* de la bolsa de pañales que colgaba en la parte posterior del cochecito—. Me preguntó sobre este pasaje… el pasaje sobre la isla.

Le arrebaté el libro de las manos y lo sostuve fuera de su alcance.

—No. No vamos a prestarle este libro al señor Doyle.

Ione esbozó una mueca de rabia y gritó:

—¡Es mi amigo, Cordie! —El hombre de las melenas largas nos miró desde la ventana de Relatos de la Ballena. Si Ione alzaba más la voz, el propio señor Doyle la oiría desde su odiosa tienda. En tal caso, yo estaría en inferioridad numérica.

—Primero tenemos que terminar de leerlo. No podemos prestar a alguien un libro cuando vamos aún por la mitad. Además, era el favorito de mamá. Quizá no le guste que lo prestemos.

Era un buen argumento, de modo que Ione se encogió de hombros y puso los ojos en blancos, que era su forma de reconocer que yo tenía razón sin decirlo claramente. Luego, con la misma rapidez con que se había puesto eufórica, su humor cambió, arrastrado por la brisa matutina que jugaba con sus coletas. Se las había hecho ella misma, supongo que para agradar a mamá. Estaban un poco torcidas, pero al menos no le colgaban unas greñas sobre la cara. A mamá le gustaba trenzarle el pelo, pero eso era antes. Desde entonces el pelo de Ione parecía una maraña.

Pero hoy no.

—¿Podemos ir a verla? ¿Para comprobar si aún está allí?

Entonces fui yo quien se encogió de hombros.

—Bueno…, de acuerdo.

Nos levantamos y empujé el cochecito, siguiendo a Ione mientras ella echaba a correr hacia el borde del muelle.

La alcancé al cabo de unos segundos y nos detuvimos justamente en el lugar donde habíamos vertido unas lágrimas en el mar. Tres Ione, tres yo y una diminuta y plateada que había rodado por la mejilla de Neevy y había caído en silencio sobre la espuma. Mientras contemplábamos las olas, pensé en lo que diría si no veíamos nada. ¿Me inventaría la historia de que los selkies toman el té en el fondo del mar todos los días precisamente a las once y media de la mañana, para contentar a Ione? ¿O le diría que yo le había mentido, que el señor Doyle era un mentiroso, y que sí, mamá había abandonado a su familia porque había querido? ¿Lograría poner fin a esto antes de que fuera demasiado lejos?

Mientras sopesaba las ventajas de la fantasía contra los riesgos de la verdad, Ione empezó a tirar de mi brazo.

—¡Allí está! ¡Mira!

Neevy empezó a agitar sus piernecitas y a mover los brazos con energía.

—No veo nada —repuse, desabrochando el cinturón de seguridad del cochecito y sosteniendo a Neevy sobre mi cadera.

—¡Allí! —Ione señaló a lo lejos, brincando muy excitada.

—No veo… —dije, pero Ione me interrumpió tomando mi rostro en sus manos y girándolo un poco más hacia la izquierda de donde yo miraba.

Una enorme foca, de color negro plateado, nadaba en la bahía.

—¡Mamá! —gritó Ione.

La foca se dirigió nadando hacia nosotras.

—Te lo dije, Cordelia Sullivan —dijo la áspera voz del señor Doyle a mi espalda—. Te lo dije.

Casualidad

Yo no recordaba la última vez que había visto una foca en la bahía, y ésta no era una foca pixie, las focas pequeñas y grises que mi padre había estudiado durante su trabajo de investigación. Las que solían abundar pero habían desaparecido. Ésta era una foca normal y corriente. Muy grande, desde luego, pero mi padre habría dicho que era una casualidad, y las casualidades ocurrían. De no ser así, nadie habría inventado una palabra para describirlas, ¿verdad?

—Debemos irnos, Ione —dije, con un tono tan sosegado que hasta a mí me chocó.

—No hasta que me dejéis echar un vistazo a ese libro. El que contiene un mapa —dijo el señor Doyle. Me miró rápidamente, al libro que Ione seguía sosteniendo en las manos y de nuevo a la foca. No cesaba de menear la cabeza, como si no diera crédito a lo que veía—. Miradla. ¿No la veis? Está claro que es una selkie, no hay más que ver sus ojos.

La foca estaba demasiado lejos para verle los ojos, pero Ione y el señor Doyle parecían hipnotizados por ese animal.

—Vamos, Ione —dije tirando de su brazo, pero ella no se movió.

—Se la ve muy feliz allí —dijo, suspirando—. Comprendo que quisiera regresar.

El señor Doyle se volvió por fin de espaldas a la foca y se agachó junto a Ione para susurrarle al oído. Al cabo de menos de un segundo, ella le entregó el libro.

—Pero sólo puede hojearlo, no puede tomarlo prestado. Cordie dice que es demasiado especial para prestárselo a nadie.

—Ya lo creo que sí —masculló el señor Doyle, pasando las páginas hasta dar con el mapa. Tras mirarlo un momento, siguió pasando las páginas—. ¿Ésta es la única? ¿La única página que contiene un mapa?

Yo no respondí. Ione se encogió de hombros.

—No lo sé. Puede leer lo que pone, pero las palabras son muy aburridas.

—Sólo quería ver el mapa —respondió el anciano.

Volvió todas las páginas, mirándolas por ambos lados. Gruñó un par de veces. Me sentí tentada a arrebatarle el libro, pero temía romperlo.

Decidí esperar a que terminara.

El señor Doyle empezó a mostrarse visiblemente irritado.

—Ay —dijo Ione, señalando la bahía—. Creo que la foca se ha marchado. Hace rato que no aparece. Debe de haberse alejado nadando.

Yo estaba demasiado ocupada observando al señor Doyle examinar el libro de mamá para percatarme de que la foca había desaparecido. Cuando el anciano alzó la cabeza para contemplar el mar, le arrebaté el libro de las manos. Con delicadeza, por supuesto.

—Nos vamos —anuncié, depositando a Neevy de nuevo en el cochecito y abrochándole la correa—. Ahora mismo.

Ione me arrebató el libro y se puso a hojearlo.

—Siento que no haya encontrado lo que buscaba, señor Doyle. ¿Estás segura de que no podemos prestárselo, Cordie?

Ione me miró con expresión de súplica cuando el señor Doyle la interrumpió.

—No lo necesito. Ese mapa es una fantasía, no es el verdadero. Yo he surcado esas aguas mil veces. Allí no hay ninguna isla. Ninguna isla, ningún tesoro. Sería una estupidez ir en busca de ella. No está allí.

El anciano encorvó la espalda y metió las manos en los bolsillos. En esos momentos parecía más bien una tortuga que un pez globo.

—Eso es porque es mágica —replicó Ione—. Uno tiene que creer en ella. ¿No es así como funciona la magia?

Yo no quería desaprovechar el día discutiendo sobre las reglas de la magia con el señor Doyle. De modo que agarré a Ione de la mano sin decir una palabra y echamos a andar por las calles de Selkie Bay de regreso a nuestra casita. Llegamos jadeando, pero mi cansancio no me impedía darle vueltas a algo que empezaba a preocuparme.

—¿Podemos ir a ver a mamá mañana por la mañana? —preguntó Ione, interrumpiendo mis reflexiones.

Entramos en casa e Ione se puso a cortar unas rebanadas de queso para nuestros sándwiches. Dio un pedacito a Neevy, que lo devoró.

—Creo que le ha gustado.

Pero yo apenas la escuchaba. Trataba de visualizar la isla que mamá nos había mostrado, situada entre las dos rocas que la custodiaban. Recordaba haber atisbado una isla allí.

Probablemente era la misma que el señor Doyle decía que no existía.

Pero quizás existía realmente.

El tesoro escondido
de la reina pirata

CERRÉ TODAS LAS PUERTAS y comprobé que las ventanas estaban bien cerradas. Disimuladamente, claro está. No quería asustar a Ione.

Pero yo misma estaba un poco asustada.

Nunca habíamos pasado una noche en casa sin nuestros padres. Y aunque ayer yo había estado segura de que no tendría miedo, eso fue ayer.

—¿Podemos quedarnos levantadas hasta tarde? —me preguntó Ione cuando Neevy se quedó dormida. Habíamos trasladado su cuna a nuestra habitación para pasar la noche las tres juntas. Había sido idea de Ione, pero a mí me pareció bien.

—No.

Ione hizo una mueca consistente en sacar la lengua y poner los ojos en blanco, pero siguió jugando con el viejo juego de ajedrez. Había puesto nombre a cada pieza y había construido un castillo para ellas con unos libros. Las piezas celebraban el regreso de la reina. Ione jugaba alegremente con ellas, haciendo que bailaran y cantaran; hacía tiempo que no la veía tan contenta. Sentí envidia de ella.

Pero yo tenía otras cosas que hacer que asistir como observadora a una fiesta organizada por unas piezas de ajedrez. Saqué el libro de los *Cuentos infantiles sobre selkies* y empecé a leer.

Cuando presentan la forma de una foca, los selkies prefieren naturalmente el mar o una de las islas situadas a lo largo de la costa. La más extraordinaria de estas islas se denomina el Reino de los Selkies. Es la más grande, un lugar donde los selkies pueden despojarse de su piel (o no) cuando lo deseen. Los selkies no corren el riesgo de que los humanos los capturen en su reino. Ello se debe a que la isla está oculta y hasta la fecha nadie la ha descubierto. Sólo aquellos en quienes confían los selkies conocen la forma de llegar a la isla en barco. Dicen que a ciertas horas del día la isla resulta completamente invisible debido a la posición y resplandor del sol.

Si uno tuviera la suerte de dar con ella, podría considerarse realmente afortunado. Bastaría con que excavara un poco para hallar un tesoro escondido, pues a los selkies les gustan las cosas que brillan, como la plata y el oro. Sin embargo, es muy peligroso acercarse a la isla en barco, pues está protegida por unas imponentes rocas que la guardan, tormentas imprevistas y una espesa niebla. La leyenda afirma que muchos barcos han naufragado frente a la costa del Reino.

En cualquier caso, no es aconsejable intentar saquear la isla.

No me di cuenta de que había estado leyendo en voz alta hasta que Ione dejó de jugar y preguntó:

—¿Qué significa «saquear»?

—Significa tratar de robar algo que no te pertenece.

—¿Como hiciste tú con el dinero?

¿Cuándo dejaría Ione de fastidiarme con el dinero y preguntando de dónde había salido?

—¿Crees realmente que soy una ladrona? ¿O una especie de pirata? —pregunté.

Ione jugó con el caballo, golpeándolo contra su rodilla mientras meditaba.

—No lo sé, Cordie. Mamá se enfadaría contigo si lo hubieras robado, pero como ahora es una selkie quizá piense de otra forma —dijo ladeando la cabeza y mirándome.

Quise gritar *mamá no es una selkie*, pero con ello no arreglaría nada. De modo que respiré hondo y miré de nuevo el libro, concretamente el mapa de la isla. No se me había ocurrido ir a robar el tesoro, pero sentí el deseo de investigarla. Y más puesto que el señor Doyle parecía que no quería que lo hiciéramos. *No hay ninguna isla, no hay ningún tesoro*, había dicho. Probablemente yo habría pensado que todo eso eran zarandajas, pero Selkie Bay no sólo era conocida por su relación con los míticos selkies. Existía también la leyenda del tesoro de la reina de los piratas, la dama con cuyo nombre habían sido bautizados los *pubs*.

Sin embargo, partir con mis hermanas a bordo de *La Doncella Soñadora* no me parecía una buena idea.

—¡Vayamos allí, Cordie! ¡A la isla! Apuesto a que mamá está ahora allí. Es donde iría yo si fuese una selkie. Iría a mi isla. Por favor, ¿podemos ir?

—No.

—¿Por qué? ¿Por qué no podemos ir? ¿Porque la última vez que fuimos en *La Doncella Soñadora* te pusiste de color verde y vomitaste como una descosida sobre la borda?

—No.

—Entonces ¿por qué?

Quise responder *porque en la isla no veremos selkies, porque no son reales*. Pero sabía que si Ione me creía me odiaría por ello, aunque no me creería. Seguramente necesitaba comprobarlo por ella misma.

Quizá no fuera tan mala idea hacer una pequeña visita a la isla de los selkies.

Suspiré y empecé a memorizar en silencio cada centímetro del mapa.

—Por favor.

Por fin asentí de mala gana. Puede que una excursión a la isla fuera la prueba que yo necesitaba para poner fin a la fantasía de Ione de que mamá era una selkie. La isla mágica estaría desierta, suponiendo que la encontráramos. No obstante, sería una dura lección para ella.

—Sí, supongo que podemos tratar de dar con esa isla. Quizás encontremos algo en ella.

Ione dejó de jugar con sus piezas de ajedrez y me miró.

—¿Qué más hay allí?

—¿En la isla de los selkies, la que llaman el Reino? Quizás un tesoro.

—Seguro que lo encontraremos. ¡Mamá trató de enseñárnoslo! Y como es una selkie, seguro que sabe dónde está. —Ione estaba tan excitada, que derribó los muros del castillo que había construido con unos libros sin siquiera darse cuenta—. ¿Pero por qué necesitamos un tesoro? ¿No tenemos suficiente dinero con lo que tú...? —Se acercó a mí deslizándose sobre el suelo y examinó detenidamente el mapa.

—Por última vez, no robé ese dinero. De todos modos, no hay mucho —dije, aunque los pies me dolían horrores de ir andando hasta el puerto y de vuelta a casa con los zapatos repletos de dinero—. Pero quizás hallemos mucho más en esa isla. Dicen que hace centenares de años un barco perteneciente a una reina pirata se hundió frente a la bahía. Hallaron los restos del naufragio pero no el oro. Quizás el capitán ocultó el tesoro en una isla.

—¿Crees que es por eso que el señor Doyle quería el mapa? —preguntó Ione.

—Es posible.

—Dijo que el mapa era falso. Dijo que allí no había ninguna isla.

—Pero nosotras sabemos que existe —respondí—, porque mamá quiso enseñárnosla.

Ione sonrió y besó a la reina que sostenía en la mano.

Mar adentro

Esa noche apenas pegué ojo. Que papá llamara para asegurarse de que Maura había venido para cuidar de nosotras y yo tuviera que mentirle, diciendo que no podía ponerse al teléfono porque estaba en el baño, no contribuyó a que me relajara. Me sentía fatal. Fue una llamada rápida, y su voz sonaba tensa. Ambos recordábamos el azucarero y lo que habíamos dicho. Y lo que no habíamos dicho. De modo que, cuando traté de cerrar los ojos, cada sonido, por pequeño que fuera, me sobresaltaba. Cuando la casa se iluminó por fin con el resplandor del sol, apenas había dormido unos minutos.

Sabía que estaría todo el día bostezando, pero no me importó.

Hoy era un día para emprender una aventura e ir en busca de cosas perdidas.

* * *

—¡Vamos, Cordie!

Ione se había adelantado y se hallaba a una manzana de distancia, en jarras, observándome impaciente. Neevy seguía durmiendo en su cochecito. Habíamos salido apresuradamente de casa a primera hora para llegar al puerto antes de que alguien se fijara en nosotras. Por supuesto, los trabajadores portuarios ya se encontraban en la parte mala del muelle, pero la calle estaba casi desierta. Hice a Ione una indicación con la cabeza, di la vuelta con el cochecito y tomé por una calle lateral hacia el pequeño mercado al aire libre que en verano abría a primeras horas de la mañana. Diversos comerciantes montaban sus mesas en distintos días de la semana, dependiendo de lo que vendieran. En agosto muchos tenderetes estaban abarrotados de gente, por lo que era difícil abrirse paso por la estrecha callejuela. Pero esta mañana todo estaba en calma, y la presencia de unas jóvenes madrugadoras como las hermanas Sullivan llamaría la atención. Avancé lentamente, procurando pasar inadvertida, empujando el cochecito.

Ione se acercó corriendo, y por poco me derriba.

—¿Qué haces, Cordie?

—Voy a comprar algo para comer —respondí—. Y baja la voz. No quiero que el entrometido del señor Doyle descubra lo que vamos a hacer.

Por lo general Ione siempre tenía hambre, de modo que mi respuesta pareció satisfacerla. Me disgustaba utilizar el dinero que mamá había guardado en el azucarero, el dinero destinado a pagar el alquiler, pero si hallábamos un tesoro, tendríamos más que suficiente.

Ione se fijó en unos pastelitos de frutas que tenían un aspecto divino. Compramos dos y nos los comimos rápidamente, antes de que Neevy se despertara. Me sentí un poco mal, pero a la pequeña no le habría gustado la acidez de las bayas, y dentro de un minuto encontraríamos algo más adecuado para un bebé.

Yo tenía que pensar.

Ione se acercó a un hombre que vendía patatas fritas en una camioneta.

—No, Ione —dije—. Tenemos que obrar con prudencia. No podemos gastarnos todo el dinero de golpe.

Eché un vistazo alrededor del mercado. ¿Qué no se echaría a perder rápidamente? Ione también miró a su alrededor, sin duda buscando el tentempié más apetecible o el pastel cubierto con más escarcha.

Elegí unas manzanas y unos plátanos un poco verdes.

—Esos plátanos no están maduros —comentó Ione.

—Ya lo sé.

Vi una barra de pan realmente dura, como decía papá que las vendían en Francia. Tenía aspecto de conservarse bastante tiempo.

Me llamó la atención un queso de cabra cubierto de cera.

—¿Hay que guardarlo en la nevera? —pregunté al vendedor, cuyo rostro era muy parecido a su queso.

—No mientras no dejes que se caliente demasiado. Mantenlo en un lugar fresco y seco.

Me acerqué a una mujer que tenía una caja llena de botellas de agua. Compré diez.

—¿Por qué necesitamos tantas? —preguntó Ione.

—Si no llevamos nuestra agua, ¿qué vamos a beber?

Supuse que era normal que a los ocho años una se olvide de los problemas del día a día. Pero yo tenía once, casi doce, y no podía permitirme el lujo de olvidarme de esas cosas.

Metí tantas bolsas como pude con lo que habíamos comprado en la parte inferior del cochecito, junto a los tres chalecos salvavidas que había traído de casa, y nos dirigimos de nuevo hacia el muelle.

La Doncella Soñadora estaba amarrada en el extremo del embarcadero, meciéndose sobre el agua, junto a otras lanchas fuera borda.

Aunque habíamos salido a navegar en ella hacía pocos meses, era más pequeña de lo que yo recordaba.

—¡Qué bien lo vamos a pasar, Cordie! —exclamó Ione, brincando de gozo—. Espero que hayas metido suficientes pañales en la bolsa de Neevy. —Tras mirar en ella para asegurarse, sacó una de las palas de mano que utilizábamos para eliminar los hierbajos de la zarza detrás de nuestra casa—. Ahora entiendo por qué pesa tanto.

Cuando se disponía a colocarla de nuevo junto a otros instrumentos para excavar que yo había encontrado, se quedó helada, sosteniendo la pala en el aire.

—Cordie —murmuró. Alcé la vista de la lancha y vi una sombra alargada situada a medio metro frente a nosotras que se extendía hasta el borde de *La Doncella Soñadora*.

—¿Adónde os proponéis ir? —preguntó el señor Doyle. Su voz a primeras horas de la mañana sonaba aún más áspera de lo habitual.

—A ningún sitio —respondí antes de que pudiera hacerlo Ione—. Aunque eso no le incumbe. Ya no trabajamos para usted, ¿recuerda?

El anciano observó la pala, *La Doncella Soñadora* y el viejo volumen que asomaba a través de la bolsa de los pañales y declaró:

—Jamás la encontraréis.

Cruzó los brazos y se quedó ahí plantado, mirándome con cara de pocos amigos, como había mirado a mamá la brumosa mañana en la playa, cuando nuestra madre nos había llevado a navegar en la lancha.

Yo no dije nada. Ione tampoco, pero cuando trató de volver a meter la pala en la bolsa, lo hizo torpemente y la pala cayó al suelo con un ruido metálico.

El señor Doyle se apresuró a recogerla del suelo, la metió en bolsa y cerró la cremallera.

—Me alegra comprobar que al menos habéis venido preparadas —dijo, dando una palmadita en la bolsa. Luego nos observó más detenidamente, entrecerrando los ojos—. No creo que a vuestro padre le agrade esto. El mar nunca le gustó. No le hacía ninguna gracia que vuestra madre os llevara a navegar, si no recuerdo mal.

Miré a Ione para silenciarla. Ella se llevó ambas manos a la boca para impedir soltar lo que iba a decir. *Qué discreta es mi hermana.*

—Ah, ¿de modo que vuestro padre no lo sabe?

Rogué que Ione mantuviera la boca cerrada, pero me miró con una expresión como diciendo *¡el viejo ha averiguado nuestro secreto, Cordie!*

—Quizá yo debería informarle. ¿Qué te parece, Cordelia Sullivan?

—Hágalo —respondí sin achantarme.

—Sí. Hágalo. Pero no lo encontrará, porque se ha marchado. —Ione parecía muy satisfecha de sí misma.

—Cállate, Ione. Eso no le incumbe al señor Doyle.

—Hay que ver cómo has cambiado. Hace un par de días me suplicaste que os diera trabajo. Y ahora te muestras arrogante y desdeñosa. Ésa no es forma de tratar a un anciano. —El señor Doyle me miró enojado, meneando la cabeza y señalándome con el dedo.

Llevar a una niña a navegar en su bote para engañar a los turistas haciéndoles creer que es una selkie, para promover su negocio, tampoco es forma de tratar a una niña. Pero yo no tenía tiempo para discutir con el señor Doyle. Neevy empezaba a ponerse nerviosa, de modo que me ocupé de ella, tratando de ignorar al viejo cascarrabias, como había hecho mamá.

—Y si vuestro padre también se ha ido y os ha dejado, cabe decir que vuestros padres os han abandonado. Las autoridades se ocuparán de eso. Quizá debería hacerles una llamada telefónica.

No dije nada. Ni una palabra. Me volví, agarré el cochecito y eché a andar para alejarme del señor Doyle y de nuestra lancha. No deprisa, porque no quería que el anciano pensara que me había atemorizado, aunque lo había conseguido. Ione me siguió. Durante un segundo, las hermanas Sullivan nos convertimos en una fuerza imparable, dispuestas a ir en busca de nuestra fortuna.

Por fin Ione se volvió y dijo:

—Se ha marchado.

Dimos media vuelta y regresamos apresuradamente adonde estaba *La Doncella Soñadora*.

Noté que me sudaban las manos. No sabía gran cosa sobre gobernar una embarcación, pero mamá nos había enseñado a Ione y a mí los rudimentos. Conseguiría arrancar el motor para alejarnos de aquí. En todo caso, estaba bastante segura de ello. Pero tenía ciertas dudas. ¿Qué clase de hermana mayor lleva a sus hermanitas menores en barco sin informar a nadie de sus intenciones? Parecía una locura. Algo que jamás se me debió ocurrir.

Parecía justamente algo que mamá habría hecho.

—Ayúdame, Ione. Tenemos que quitar la lona que cubre la lancha.

Ione soltó la bolsa del pan, que cayó al suelo, y se acercó. Cuando hubo aproximado la lancha a la amarra, me agaché para retirar la lona que la cubría tirando de un extremo y luego del otro. La lancha se había llenado de agua. La cubierta de lona no había servido de nada. Lamenté que Neevy no fuera lo bastante mayor para ayudarnos.

Eché un vistazo al muelle. Aún estaba desierto. Del señor Doyle no había ni rastro.

—¡Mira, Cordie! —Ione señaló mar adentro con voz trémula y aguda.

Miré hacia donde señalaba, pero no vi nada.

—¿Se acerca alguien? —Sentí un nudo en el estómago, como cuando me daban náuseas, y aún no había subido a la lancha.

—¡Se acerca mamá, Cordie! ¡Sabía que lo haría!

Ione señaló el mar grisáceo de primeras horas de la mañana. El sol despuntaba lentamente por el este, reflejándose en las olas como plata líquida.

—¡Allí! —Ione señaló de nuevo.

En la espuma blanca que adornaba las olas apareció la cara negra de la foca.

Sigue al líder

Tardamos unos quince minutos en achicar el agua de la embarcación. Por fin, con ayuda de uno de los chicos Patel, que se dirigía a su trabajo en el *pub* de Chippy's, conseguimos poner en marcha la pequeña lancha motora.

—¿Adónde vais? —me preguntó.

Yo me encogí de hombros. Los chicos Patel eran gemelos, Niall y Raj, y no sabía diferenciarlos, aunque los dos habían ido a mi clase este año. Intercambiaban sus identidades constantemente, haciendo que la directora del colegio se volviera loca.

Ione comenzó a lanzar vivas cuando el motor arrancó; yo también deseaba hacerlo, pero guardé silencio. No dejaba de mirar de un lado a otro, para comprobar si alguien observaba a las pobres hermanas Sullivan mientras se esforzaban en poner en marcha su destartalada lancha.

—¿De modo que es un secreto? —preguntó Niall o Raj—. ¿Dónde está vuestro padre? ¿No os acompaña?

Yo me encogí de nuevo de hombros.

—Eres muy valiente, Cordie —dijo Niall o Raj—. Veamos, ¿quién soy, Raj o Niall?

—Niall.

—¡Ja! Soy Raj.

Le recordé que probablemente tenía que ir a trabajar, lo cual era cierto, y se marchó.

—Gracias, Raj —grité.

—¡Ja! Soy Niall —contestó gritando también.

Me disgustó tener que dejar el cochecito de Neevy en el muelle, pero aunque lo plegáramos no cabía en la embarcación. Y si regresábamos con un tesoro, no sabríamos dónde colocarlo. Confié en que el cochecito siguiera allí cuando volviéramos. Me detuve para visualizarlo durante un minuto: nuestro regreso triunfal a Selkie Bay, cargadas con un tesoro, el cochecito esperando para que depositáremos en él a la pequeña Neevy y el oro, mientras nos dirigíamos a casa para reunirnos con papá.

En mi mente sabía que eso era realmente imposible. Una niña de casi doce años y sus hermanas menores no eran el tipo de personas que encuentran tesoros ocultos. Pero mi corazón quería intentarlo. E intentar algo era mucho mejor que quedarme cruzada de brazos, como atontada. Supongo que Ione no era la única que tenía esos sueños fantasiosos. ¿Pero qué era más increíble? ¿Hallar un tesoro oculto o tener una madre que era una foca?

Al menos un tesoro resolvería algunos de nuestros problemas.

Quizá no todos, pero algunos. Y si no encontrábamos un tesoro, porque no hallábamos una isla y por tanto no hallábamos a los selkies, eso también resolvería un problema. El problema de Ione.

El sol se había elevado, transformando el resplandor plateado sobre el agua en oro. Incluso la foca, cuya cabeza seguía asomando sobre la superficie del agua, parecía de bronce.

De modo que estaba decidido, íbamos a hacerlo.

¿Pero adónde me proponía ir exactamente?

En cuanto colocamos a Neevy y todos nuestros bártulos en la lancha, empezó a soplar el viento.

—Ponte esto —dije, entregando a Ione un chaleco salvavidas. Yo me puse el mío y coloqué el más pequeño a Neevy.

—¡Adelante! —ordené a Ione, regulando el estárter. El motor se paró.

—¡Oh, no, mi capitán! —se quejó Ione.

Me puse en pie, recobré el equilibrio y tiré de la cuerda de arranque.

Tras varias tentativas, tirando con todas mis fuerzas, por fin conseguí poner en marcha *La Doncella Soñadora*. Me senté y empuñé la oxidada palanca para gobernar la embarcación.

Al cabo de unos minutos partimos del muelle. Me sentía eufórica. Nadie había salido a navegar en barco a estas horas de la mañana, salvo los pescadores, pero la mayoría habían partido antes del amanecer y se hallaban muy lejos de la costa, y los que se hallaban al otro lado del muelle estaban demasiado absortos comprobando sus redes y jaulas para preocuparse por una pequeña lancha. La luna matutina lucía sobre nuestras cabezas como una perla en el cielo, hermosa y confiada. La suerte nos sonreía.

Pero la suerte es caprichosa. Cuando crees que lo has resuelto todo, la suerte puede cambiar más rápido que un abrir y cerrar de ojos o la ráfaga de un viento feroz.

O la mano de una espesa niebla.

Es la sensación que tienes a veces cuando la niebla te agarra. Es como la mano de un gigante, y a menudo logras escabullirte entre sus dedos durante un rato, pero luego vuelve a atraparte.

Durante unos treinta minutos entramos y salimos de la niebla, sorteando y escabulléndonos entre sus dedos, hasta que al fin nos rodeó y nos envolvió por completo.

Yo apagué el motor.

—¿Qué vamos a hacer, Cordie? —Ione se volvió para mirar hacia donde debía de estar la costa. Pero todo estaba envuelto en un blanco brumoso.

Percibí el temor en la voz de Ione.

—Tú sabes adónde nos dirigimos, ¿verdad, Cordie?

No se me ocurrió una mentira sobre la marcha, de modo que asentí y desvié la vista.

El cielo sobre el mar ofrecía un aspecto maravilloso, blanco debido a la niebla, excepto un pequeño círculo donde la luna velaba por nosotras. O me habría parecido maravilloso de no haber estado tan asustada que temí hacerme pis.

—Esto… Ione… —dije.

¿Qué iba a decirle? ¿Soy una idiota por llevaros a ti y a Neevy en la lancha? La verdad es que no sé adónde nos dirigimos.

—¡Por fin estás aquí! —exclamó Ione, pasando del temor a la euforia en un segundo. Señaló con el dedo sobre la borda de *La Doncella Soñadora*—. Es mamá —murmuró.

La foca había aparecido de nuevo, acercándose tímidamente.

—Nadie nos ha seguido, mamá. Todo va bien —dijo Ione con dulzura. Luego se volvió hacia mí—. Cuando se muestra como una foca, no parece una persona sino más bien un animal.

—¿Qué te hace pensar que sabes tanto sobre los selkies? —pregunté.

—Bueno, he leído el libro que me diste. Algunas de las palabras eran difíciles y anticuadas, de modo que tuve que tratar de adivinarlas. Al fin y al cabo lo llevamos en la sangre. ¿No dijiste eso cuando me hablaste de mamá?

—Sí.

Una ola rompió contra nuestra pequeña lancha, llenándome la boca de agua salada. La escupí y me enjugué la cara con el dorso de la mano. Ione se rio.

Neevy se despertó con un gemido que al cabo de unos segundos dio paso a una sesión de sonoros berridos. La foca meneó la cabeza de un lado a otro, molesta por el ruido.

—No pasa nada, mamá, es que tiene el pañal mojado —explicó Ione a la foca—. Cordie se lo cambiará. No te preocupes. —Luego se volvió hacia mí y agregó—: No le gusta oír llorar a su pequeña. Vamos, apresúrate. Cámbiale el pañal.

Cambiar el pañal a un bebé que no deja de moverse, que lleva puesto un chaleco salvavidas, a bordo de una lancha que no deja de bambolearse no es empresa fácil. Sintiendo aún el sabor a sal en la boca, el olor del pañal y el ímpetu de las olas que zarandeaban la lancha, estaba convencida de que iba a vomitar. Como mi padre.

—Pareces un fantasma, Cordie. Un fantasma pálido.

—No soy un fantasma porque los fantasmas no vomitan.

Me tumbé en el suelo de *La Doncella Soñadora*, tratando de concentrarme en la luna en lugar de en las tablas que no dejaban de moverse debajo de mi espalda.

—Tranquila. Debo de haber dejado el mapa por aquí. Quizá pueda encontrar yo la isla.

—Sí, ya. —Deseé que Ione se callara y dejara que flotásemos a la deriva un minuto, hasta que se me pasaran las náuseas. Luego nos pondríamos de nuevo en marcha—. No arranques el motor todavía. Necesito descansar unos minutos.

Yo debía de estar muy mareada, porque cerré los ojos y al cabo de un segundo sentí a Neevy acurrucada junto a mí y la voz de Ione, suave como la brisa, flotando a nuestro alrededor.

El relato de Ione

Érase una vez tres princesas muy especiales. Eran especiales porque ni siquiera sabían que eran princesas. Pero lo eran. Y también eran especiales porque eran unas princesas selkies. Eso tampoco lo sabían. Pero no importaba.

A veces las personas nos saben tanto como creen.

Estas princesas trataban de encontrar un tesoro.

Y a su madre. También trataban de encontrar a su madre.

Su madre, claro está, era una selkie. El mar la había llamado para que regresara a él, pero en realidad no había abandonado a sus hijas. Ni mucho menos. Quería a sus tres princesas demasiado para alejarse de ellas. De modo que se quedó en la bahía, confiando en que un día sus hijas la verían y reconocerían.

Fue la princesa mediana, la más valiente, quien se dio cuenta de que la foca que había en la bahía era su madre. La princesa mayor no lo comprendía porque estaba enfadada con su madre por ser una selkie, y también estaba enfadada con su padre, aunque nadie sabía muy bien por qué.

Se comportaba de modo mezquino. Muy mezquino. Antes no lo hacía. Al menos, no siempre. Y la princesita bebé se pasaba casi todo el día comiendo plátanos y haciendo popó, de modo que no se fijaba en cosas importantes como mamás disfrazadas de focas.

De modo que las princesas siguieron a su madre selkie hasta el océano, donde había estado velando por ellas desde el borde del mar. Las selkies son capaces de hacer lo que sea por sus cachorros porque los quieren mucho, de modo que la mamá de las princesas, que seguía siendo una foca, nadó junto a la lancha, conduciendo a sus hijas hacia la isla secreta.

Probablemente pienses que iban en busca de un tesoro, y tienes razón, pero no al principio. Primero tenían que encontrar sus abrigos de foca, que aún no tenían porque habían nacido en tierra. Era lo que había que hacer.

Tenían que llegar al Reino de los Selkies cuanto antes, porque competían con un anciano cuya cabeza parecía la de un pez globo. Tenía unos poderes especiales llamados «autoridades», que había amenazado con utilizar contra las princesas. Él también deseaba hallar el tesoro.

Todo el mundo desea hallar un tesoro. Salvo quizá las hormigas. Las hormigas no desean hallar un tesoro. Lo que les gusta es el azúcar.

En cualquier caso, aunque fue un viaje terrorífico, la madre foca condujo a sus cachorritas en la lancha por aguas muy peligrosas. Empujó la lancha hacia un lado y hacia el otro, conduciéndola entre dos rocas gigantescas, y a través del pasaje acuático secreto hasta el Reino de los Selkies.

Cuando por fin llegaron allí, las princesas conocieron al resto de la familia de selkies. Tenían un montón de tíos, tías, primos y primas. Al principio, todos estaban un poco cohibidos, pero al poco rato las focas sintieron adoración por las tres princesas. Es lo que pasa cuando eres una princesa. Todo el mundo te adora. Y lo mejor es que cada una de las hermanas pudo elegir un abrigo de foca. Aunque la princesa mediana quería uno de color púrpura, sabía que su madre diría que no, porque incluso las mamás selkies a veces tienen que decir que no. De modo que eligieron unos abrigos de pelo suave y reluciente y su madre les enseñó las costumbres de los selkies.

De todas las cosas que aprendieron sobre los selkies, la más importante es que siempre permanecen juntos.

La niebla

Ione estaba muy callada. Yo me incorporé, procurando no mover a Neevy. Al principio me procuraba un calorcito agradable acurrucada junto a mí, pero al poco tiempo su calor empezó a asfixiarme.

Era un calor intenso y febril.

—Lo que faltaba —murmuré. Nuestro maravilloso viaje a la isla había pasado de mal planeado a increíblemente estúpido.

—¿No lo sientes, Cordie? —susurró Ione.

—No siento nada —respondí.

—A eso me refiero. A la nada. No es normal que el océano te dé una sensación de nada.

Ione llevaba razón. El océano estaba en calma, demasiado en calma. Un día en que Neevy dormía apaciblemente, poco después de nacer, mamá me dijo «observa, Cordie, esto es la calma antes de la tempestad». Mamá estaba más pálida que de costumbre, sus ojos no parecían tan oscuros y relucientes. Me dijo que era porque el nacimiento de la pequeña la había dejado agotada. No parecía la misma, pero tenía razón. Poco después de la calma, Neevy estalló en sonoros berridos de hambre.

Pero ahora no había estallado ninguna tempestad, el viento no aullaba a nuestro alrededor, sólo había el silencio del mar y una inquietante manta blanca de niebla, tan espesa que yo apenas alcanzaba a ver a Ione sentada frente a mí.

—¿Dónde está mamá? —preguntó Ione.

—¿Cómo voy a saberlo? —Tardé un momento en comprender que Ione se refería de nuevo a la foca. Pero al igual que nuestra verdadera madre, la foca también había desaparecido.

—Tengo miedo, Cordie. Esto me da mala espina. Arranca la lancha y vámonos de aquí.

—¿Y adónde iremos? ¡No veo nada, Ione! ¿Cómo quieres que adivine hacia dónde debemos dirigirnos? ¿Y si tomo el rumbo equivocado y nos perdemos en el mar y no regresamos nunca a casa? ¿Qué te parecería?

Si supones que en ese momento Ione rompió a llorar, no te equivocas. No debí decir lo que dije, y no debía haberlo dicho con tono áspero. Neevy empezó a lloriquear y tuve que tomarla en brazos y acunarla, procurando que la lancha no se balanceara demasiado.

—¿Y mamá? ¿Estará a salvo? —Ione no dejaba de sollozar, se enjugaba los ojos con la parte posterior de la manga y miraba concentrada la nube blanca que nos rodeaba en busca de la cabeza negra plateada de la foca.

Yo deseaba abrazarla a ella también. Pero temía dejar caer a Neevy. Ione se inclinó peligrosamente sobre la borda, tratando de localizar a la foca.

—¡Siéntate! —grité.

—¡Pero está allí!

Ione extendió el brazo hacia donde nadaba la foca, a unos metros de nosotras.

—¿Por qué no se acerca? ¿Necesita que la ayudemos? ¡Tenemos que ayudarla! —gritó.

—¡Esa foca no necesita nuestra ayuda! ¡Por el amor de Dios, es una foca!

Si alguien necesitaba ayuda éramos nosotras, tres niñas en una lancha envueltas en la niebla, deslizándonos a la deriva, hacia ningún sitio. Agarré la oxidada palanca, preguntándome si debía arriesgarme a arrancar de nuevo el motor. ¿Y si chocábamos con una roca? ¿O contra otra embarcación?

Por favor, dime hacia dónde debo dirigirme. No sabía si rogaba a Dios o a esa foca. En realidad no importaba, mientras uno de ellos hiciera algo. Pero yo no veía a Dios, y esa foca permanecía junto a nosotras.

—Sálvanos, mamá —dijo Ione. La valentía que había mostrado antes había desaparecido y ahora sólo sollozaba.

Yo empezaba a estar harta de Ione y de su estúpida foca. Y su capacidad de creérselo todo sin mayores problemas. Era una ingenua. Así llaman a las personas que se lo creen todo. Estábamos perdidas en medio del océano y ella hablaba con una foca.

Yo estaba a punto de gritarle, decirle lo estúpido que era esto, lo estúpida que era ella, pero en cuanto grité «¡Ione!» con el tono más brusco de que fui capaz, la foca se volvió y me ladró. Ladró como un perro, pero mucho más fuerte. Tan fuerte que Ione dejó de llorar durante un momento y asumió la expresión que solía mostrar cuando mamá me regañaba. Abrió mucho los ojos y dijo:

—Mamá está enfadada contigo, Cordie.

Sé que parece una locura, pero cuando miré a la foca comprobé que me estaba mirando con sus ojos negros, sin pestañear.

—No, Ione, no está enfadada conmigo —repuse con calma, sintiendo el sabor de la niebla húmeda y salada en mi lengua.

Al menos, confiaba en que no lo estuviera.

Un castillo en el mar

—SíGUELA. Sigue a mamá —dijo Ione.

Yo iba a negarme, aunque no tenía la menor idea de hacia dónde debía dirigirme, cuando la niebla se disipó un poco y vi las dos grandes rocas guardianas de las que nos había hablado mamá.

—Tenemos que pasar por entre esas rocas, Cordie. Tenemos que seguir a mamá y entonces veremos la isla. ¡Ni siquiera nos ha hecho falta el mapa!

Sentí un cosquilleo de excitación en la barriga. Tiré de la cuerda de arranque del motor y *La Doncella Soñadora* se puso de nuevo en marcha.

—¡Qué orgullosa me siento! ¿No te sientes orgullosa de nosotras, mamá? —Ione pretendía que la foca respondiera, pero no lo hizo, como es natural—. Deprisa, Cordie. ¡En marcha!

La foca se hallaba a pocos metros por delante de nosotras, y yo no quería golpearla con la lancha.

—¡Muévete, foca! ¡Apártate! —grité.

Ione me miró sorprendida y me propinó un codazo.

—Eso ha sido una grosería, Cordie. Al menos podías haber dicho «por favor». A mamá le chocaría tu mala educación. Además, mira, se ha detenido y nos espera. Quiere que la sigamos.

Parecía como si la foca se volviera para mirarnos. *¡Apresuraos! ¡Vamos!*

—Sujeta a Neevy mientras yo gobierno la lancha.

Siguiendo la cabeza plateada de la foca que se movía sobre la superficie del mar, propulsé la lancha hacia delante, confiando con todo mi corazón en que lográramos alcanzar la isla. No era necesario que fuera mágica, ni que contuviera un tesoro, me contentaba con que tuviera una orilla.

Pasamos por entre las escarpadas rocas guardianas; la niebla se reducía ahora a una ligera bruma que confería a todo un aire místico, y me pregunté si esa palabra provenía del término *mist* en inglés, que significa bruma. De repente apareció la isla, como si el mar fuese el cielo y la tierra surgiera entre las nubes. Vi unas torres altas y delgadas que relucían, y unas gigantescas piedras de formas insólitas que al cabo de unos instantes adquirieron nitidez.

—¡Parece un castillo! —exclamó Ione.

En cierto modo, tenía razón. Si existía un castillo construido por unas focas, probablemente se parecería a este. Desordenado, confuso, caótico.

Pero allí estaba la isla. La habíamos encontrado.

Me sentía tan feliz, estaba tan absorta contemplando el extraño castillo ante mí, que no me fijé en el escollo que se erguía frente a nosotras. La lancha dio una sacudida, seguida por un terrorífico chirrido.

Una ola se precipitó sobre *La Doncella Soñadora* y la arrojó contra las rocas. Con fuerza.

—¡Jolines, Cordie! Podías haberme avisado. Por poco dejo caer a Neevy.

Traté de no perder la calma. Dejar caer a Neevy habría sido el menor de nuestros problemas. Lo grave era que *La Doncella Soñadora* se estaba llenando de agua y yo no sabía cuánto tiempo podríamos permanecer a flote.

—No te asustes, Ione, pero creo que tendremos que alcanzar la isla a nado. Tienes que ser muy valiente.

—El agua no me da miedo, Cordie.

La miré irritada, pero ella había desviado la vista. Yo no temía al agua. No era el agua lo que me hacía vomitar, sino las olas. Lo cual era muy distinto.

—Procuraré aproximar la lancha a la isla todo lo que pueda. Pero si vuelca, no sueltes la bolsa de los pañales. Contiene nuestra comida y la necesitaremos. Yo sostendré a Neevy y nadaré con ella. Y ante todo, no te quites el chaleco salvavidas.

Ione asintió. Tenía los ojos como platos. Pese a sus bravuconadas, estaba de nuevo aterrorizada.

—Mamá, no dejes que nos ocurra nada malo —murmuró a la foca, que ya no podíamos ver.

Sí, mamá, no permitas que nos ahoguemos.

El agua nos llegaba a los tobillos dentro de la lancha cuando el motor emitió un borboteo y se apagó. Observé que las umbrosas torres de la isla se hacían más y más grandes antes de darme cuenta de que si bien el motor se había detenido, la lancha seguía avanzando.

—¡Mira, Cordie! ¡Mamá nos está ayudando! —Ione señaló a nuestras espaldas.

Allí estaba la foca, su hocico a la izquierda del motor fuera borda, empujando nuestra pequeña lancha.

Yo no sabía qué decir, de modo que callé. Me quedé mirándola boquiabierta, como una idiota.

—No dejes que haga todo el trabajo —dije por fin—. ¡Ayudémosla con los remos!

Saqué de debajo del asiento los dos remos de emergencia y nos pusimos a remar con todas nuestras fuerzas.

Pero no obstante nuestros esfuerzos, *La Doncella Soñadora* se hundió frente a la costa de la isla de los selkies.

De modo que nos pusimos a nadar. Más o menos. Cuando me sumergí en el agua, sentí el fondo debajo de mis pies.

—Unos metros más, Ione, y tú también sentirás el fondo.

Sostuve a Neevy lo más alto posible sobre el agua. A mi derecha, Ione avanzaba nadando como los perros, sujetando la bolsa de los pañales, hasta que también sintió la arena debajo de sus zapatos.

Neevy, que se había portado como un ángel durante buena parte de la travesía, decidió que, puesto que nos aproximábamos a tierra, era hora de que montara un sonoro berrinche. Sin duda tenía hambre. Como todas. Pensé en el pan dentro de la bolsa de los pañales, que probablemente estaría empapado, y en el queso. ¡Puaj, el queso! De todos modos, mis tripas empezaron a protestar de hambre.

La niebla se había dispersado bastante y vi que la foca nos conducía hacia una playa de color grisáceo, rodeada de elevadas rocas.

De repente la foca se volvió y ladró para indicarnos algo.

Era una extraña bienvenida al Reino de los Selkies.

Reunión

LA ISLA ERA MÁS PEQUEÑA de lo que me había imaginado.

Comprendí que muchos barcos hubieran naufragado al chocar con ella, pues tan pronto aparecía como desaparecía de la vista. A nuestro alrededor, a excepción de la playa, se alzaban unas escarpadas rocas con aire amenazador.

Menos el mar, todo estaba en silencio.

Las playas de Selkie Bay rara vez estaban en silencio durante la época estival. Estaban llenas de turistas, o de aves marinas que graznaban en el cielo y capturaban peces y la basura que flotaba en el mar.

Pero en la isla no se oía nada. Excepto los persistentes berridos de un bebé cuando su hermana de ocho años la depositó en la arena y se dispuso a cambiarle el pañal sucio por uno limpio. A continuación se oyó a la niña de ocho años decir unas cosas que sabía que no debía decir mientras intentaba que la cinta adhesiva del pañal se pegara en un pañal húmedo. También se me oyó a mí registrar la bolsa de los pañales en busca de una manzana.

Y junto a nosotras se oía la respiración trabajosa e irregular de la enorme foca negra.

Ione se acercó sosteniendo a Neevy en brazos mientras yo rebuscaba entre nuestros empapados bártulos. Además de unos pañales húmedos, teníamos unos plátanos aplastados y una barra de pan rancio. El queso estaba en buenas condiciones, así como las botellas de agua.

En un bolsillo cerrado con cremallera estaba el dinero del azucarero, chorreando pero al menos no se había quedado en el fondo del mar. Cuando saqué las palas de la bolsa de los pañales, hallé lo que estaba buscando: las manzanas. Alcé una en el aire en señal de victoria. Al verla, Neevy empezó a agitar los brazos muy excitada. En casa, lo llamábamos el baile de las galletas. Pero como no teníamos galletas, Neevy tendría que conformarse con una manzana. Una manzana premasticada. Suena asqueroso, y me sentí como un ave madre dando de comer a sus polluelos un alimento masticado por mí, pero la pequeña tenía que comer algo y punto.

Por suerte, Neevy no protestó cuando le di unos trocitos de la manzana triturada en la mano para que se los llevara a la boca. Un trozo era demasiado grande y yo no lo había masticado lo suficiente, pero ella lo escupió enseguida.

—¿No quieres una manzana, Ione? —Supuse que también estaría famélica. Ione siempre tenía hambre—. ¡Ione! —repetí cuando no me respondió.

Cuando me volví observé que se disponía a arrodillarse junto a la foca negra plateada, que se había apostado en mitad de la playa. Sus delgadas piernas temblaban.

—Apártate, Ione —murmuré—. Creo que debemos dejar tranquilo a este animal.

—No es un animal. Es mamá —replicó en voz baja—. Y está herida. Aquí —agregó, señalando un lugar entre el pecho y el hombro izquierdo de la foca.

Aparté la vista de Ione y observé el pecho de la foca a medida que inspiraba y espiraba. No sabía lo rápidamente que respiraban las focas, pero me pareció que el ritmo era muy lento. No obstante, las focas estaban acostumbradas a contener el aliento, de modo que quizá fuera normal.

Pero lo que no era normal era el hecho de que la foca hubiera aparecido en el muelle. Ni que hubiera permanecido junto a nosotras mientras la niebla persistía. Ni que hubiera utilizado el hocico para empujarnos hasta aquí, hasta la isla de los selkies.

No, nada de eso era normal.

—Cordie —dijo Ione, regresando junto a mí—. Creo que deberías acercártele. Eres la mayor. Te necesita.

Pese a su convencimiento de que mamá era una foca, estaba asustada y yo lo sabía. Una cosa es creer que tu madre se ha convertido en una foca y otra muy distinta quedarte tirada en una isla con tu madre-foca sin que ningún adulto pueda socorrerte.

Yo también estaba asustada.

Pero sabía que sería peor si mostraba a Ione mi temor. Y aunque Neevy era aún un bebé, yo estaba segura de que podía oler el temor. Probablemente pueden olerlo todos los bebés. Lo último que necesitaba era que mis dos hermanas menores sufrieran un ataque de pánico.

—Bueno, si vienes y consigues mantener contenta a Neevy, me acercaré a… ella.

Ione se acercó corriendo y tomó a Neevy de mis brazos.

—Toma esto y procura que Neevy beba un poco de agua —dije, entregándole una botella.

Eché a andar hacia la foca. No quería asustarla ni hacer que me saltara encima, de modo que se me ocurrió hablarle mientras me dirigía hacia ella.

—Esto… ¿foca? Hola, foca.

—¡Su nombre es *mamá*! —protestó Ione. Al oír la palabra mamá, la foca volvió la cabeza y me miró.

—¿Lo ves? —Ione se sentía claramente satisfecha de sí.

—Bien, *mamá* —dije, dirigiéndome con paso sigiloso hacia donde se encontraba la foca—. Me gustaría mirarte el… hombro. Creo que así es como lo llamáis. No te haré daño.

—Eso ya lo sabe. Es tu mamá.

Yo casi la había alcanzado. La foca observaba todos mis movimientos con sus ojos oscuros. Extendí las manos frente a mí, como diciendo, «todo irá bien». Ella no se inmutó. De modo que me arrodillé y la toqué suavemente con una mano.

Tenía un tacto suave, era quizá lo más suave que yo había tocado jamás. Más suave que el abrigo que antes colgaba en nuestro armario ropero. Quizás incluso más suave que una nube. Apoyé la otra mano en ella y empecé a acariciarla como si fuera una perrita. A ella parecía complacerle y se acercó a mí.

El corte que tenía en el hombro era tremendo. Cuando lo examiné de cerca sofoqué un grito de horror, pero ella no se apartó. ¿Se lo había hecho con la oxidada hélice mientras empujaba la lancha? Yo no tenía idea de cómo había podido nadar y empujarnos hacia la orilla con una herida como ésa. Parecía el tipo de herida que podía matarla.

—Ese corte tiene muy mal aspecto —dijo Ione, acercándose a mí, sosteniendo a Neevy en brazos—. Pero no te preocupes, mamá, te curaremos. —Se arrodilló al otro lado de la foca, su lado bueno, y depositó a Neevy junto a ella.

—¿*Qué haces, Ione?* —susurré, procurando no asustar a la foca.

—Mamá querría abrazarla, ¿no crees? Hace mucho tiempo que no la ve. —Ione rodeó a la foca suavemente con sus brazos y sepultó la cara en su suave pelo—. Te he echado mucho de menos, mamá. Sé que tuviste que marcharte. Pero te he echado mucho de menos. Todos te hemos echado de menos.

Me enjugué los ojos con el dorso de las manos y la nariz, que moqueaba, con la manga.

—Ione, no te acerques a… mamá. Recuerda que dijiste que cuando tiene forma de foca, es más parecida a un animal. No debes asustarla. Además, está cansada y necesita dormir.

Era verdad que la foca tenía aspecto de cansada. Muy cansada. Emitió un sonido semejante a un suspiro y cerró los ojos.

Encontraré la forma de ayudarte, le prometí.

Sentí un nudo en la garganta y tragué saliva, pero no conseguí eliminarlo.

Yo también te he echado de menos, mamá.

Primos del mar

MONTAMOS UN PEQUEÑO CAMPAMENTO en la playa, junto a la foca. *La Doncella Soñadora* había llegado a la orilla, arrastrada por la corriente, unas horas después que nosotras. La vía de agua en la lancha no era tan grave como yo temía; era pequeña, aunque lo bastante grande para dejar que entrara mucha agua. Yo había observado a mi padre mientras reparaba barcos y sabía lo que debía hacer. Sólo necesitaba hallar los materiales adecuados. De momento, colocamos la lancha de costado a modo de cortavientos, lo cual resultó muy útil porque cuando se levantó la primera ráfaga de aire, casi todo el dinero que yo había colocado sobre la arena para que se secara salió volando. Esta vez, dispuse cada billete detrás del cortavientos, debajo de un fragmento de concha. Cuando el dinero se secara, lo guardaría de nuevo en la bolsa de los pañales, que, como es natural, también había puesto a secar.

La foca nos observó mientras colocábamos nuestras pertenencias a nuestro alrededor, pero no se movió. Permaneció tumbada en la arena. A pocos pasos de la playa, había unas rocas y cuevas que Ione y yo estábamos impacientes por explorar, además de las elevadas torres, pero no podíamos dejar sola a la foca.

—Pensé que se parecería más a un castillo. Visto de cerca, tiene un aspecto muy raro. ¿No tienen todos los reinos castillos? —preguntó Ione. Yo había agotado todas las mentiras, de modo que dejé que sus palabras se alejaran flotando hacia las nubes y le ordené que vigilara a Neevy. Esta tarde, la pequeña no paraba de gatear de un lado a otro después de haber renunciado a «nadar» sobre la alfombra para avanzar rápidamente en tierra, como solía hacer en casa—. No dejes que se acerque a las olas.

—Mamá jamás dejaría que se acercara, ¿verdad, mamá? —respondió Ione.

La foca emitió un pequeño ladrido e Ione sonrió satisfecha.

Quizás habría sido más fácil si yo hubiera creído en la magia de la situación. Sí. *Nuestra madre es una selkie que ha quedado atrapada en su forma de foca.* Pero no podía creerlo. Esas cosas no ocurrían realmente. Estaba convencida de ello.

—De acuerdo, Ione, pero no dejes de vigilarla.

No esperé a que mi hermana pusiera los ojos en blanco, sino que volví a centrar mi atención en la foca. Probablemente necesitaba comer. Rebusqué en nuestra bolsa. No había nada que supuse que le gustara, pero aunque lo hubiera habido, tenía que reservarlo para Ione y Neevy. Y para mí. Mis hermanas no podrían arreglárselas solas si yo me moría de hambre el primer día.

—Bueno, foca, debemos procurarte algún pez. Es lo que comes, ¿no? —La foca se mostraba indiferente a todo lo que yo decía—. ¡Vamos, tienes que comer! Tienes que ir a pescar algo para cenar. —Antes de darme cuenta de lo estúpida que yo parecía, empecé a fingir que nadaba por la playa hacia las olas—. ¡Allí hay muchos peces! ¡En el océano! ¡Y están para chuparse los dedos! —dije, fingiendo que comía un pez imaginario.

Pero la foca seguía mostrándose indiferente.

Cambié de plan. Probablemente era mejor dejar que reposara allí. A fin de cuentas, debía de estar cansada después de empujar la lancha. Pero cuando examiné de nuevo el corte que tenía volvió a asaltarme el temor. *¿Y si la foca se moría aquí en la playa?*

Ione se volvería loca del disgusto.

Sin embargo, si yo lograba que la foca se metiera en el agua y sucedía algún *imprevisto...* al menos Ione no lo sabría. Y quizás el agua salada del mar contribuiría a curar su herida.

—¡Vamos, foca! —dije.

No hubo respuesta.

—¿Mamá? —dije, para ver si con eso conseguía algo.

Y así fue. Al cabo de unos segundos, la foca se deslizó por la playa hasta la orilla, apoyándose en su lado izquierdo, y se puso a chapotear alegremente, aunque un poco débil, en el agua.

Ione se acercó corriendo, sosteniendo sobre su cadera a Neevy, que brincaba y reía de gozo.

—¿Qué haces? ¿Adónde va mamá? ¿Cómo has podido dejar que se fuera? —gritó.

—Tiene que comer. Las focas comen peces, no manzanas.

—Sí, claro. Ya lo sé —replicó Ione.

—Y mientras ella va en busca de algo que comer, nosotras podemos explorar un poco la isla, ¿qué te parece?

—De acuerdo, pero sólo si tú cargas con este peso pesado. Juraría que ha engordado varios kilos desde que nos marchamos.

Ione hizo unos gestos exagerados al entregarme al «peso pesado», que estaba cubierta de arena pero muy sonriente. La tomé en brazos y echamos a andar por la playa, pasando frente a unas rocas negras mientras nos dirigíamos hacia unas cuevas.

—Ten cuidado —dije a Ione, que echó a correr frente a mí y desapareció al cabo de unos segundos.

La primera cueva era muy grande y espaciosa. Sólo tuve que agacharme al entrar. Había otras dos cuevas más pequeñas. Y alrededor de las negras y escarpadas rocas crecían numerosos matorrales de hojas oscuras.

—Parece una casa. La casa de unos selkies. ¡Esto es mucho mejor que un castillo! —exclamó Ione palmoteando—. Éste será el cuarto de estar, y aquél será el nuestro, y mamá tendrá aquí su propia habitación.

—¿Y la cocina? —pregunté distraídamente mientras me agachaba para observar una zarza que me resultaba familiar. En efecto, era como la que teníamos en casa. Una zarza, en plena floración. Me sentí más animada al saber que al menos podíamos contar con una fuente de alimento en esta isla.

—La cocina está en la parte trasera, como es natural. Así será más fácil lavar los platos —dijo Ione, echando a correr de nuevo hacia la playa portando unos platos imaginarios.

No me molesté en recordarle que no teníamos unos verdaderos platos que lavar. Al menos habíamos hallado un lugar donde cobijarnos. Y tenía que reconocer que estaba muy cansada. Solté un bostezo enorme, y Neevy hizo lo propio.

Me senté en medio del «cuarto de estar» y dejé que Neevy lo explorara. No dejaba de ser curioso que unas semanas atrás la pequeña apenas supiera gatear y ahora no hubiera quien la detuviese.

Los bebés crecen muy deprisa.

Y mamá se había perdido buena parte de la vida de Neevy, teniendo en cuenta que la pequeña había vivido poco tiempo hasta ahora.

De las tres, Neevy era quien había heredado la sonrisa de mamá. Ambas tenían un hoyuelo en el lado derecho que daba un aspecto encantador a sus sonrisas. Pero cuando traté de recordar la última vez que había visto sonreír a mamá, sólo recordé el día en la lancha, cuando quiso mostrarnos esta isla. Aparte de eso, mis últimos recuerdos de ella parecían pequeños, y su rostro siempre estaba pálido. Y tenía las manos muy delgadas. Un día le pregunté si se encontraba bien porque me pareció que debía preguntárselo.

«Estoy perfectamente, Cordie. No debes preocuparte. A veces una persona tarda un tiempo en recuperar las fuerzas después de tener un bebé.»

Pero las mamás de otros niños no mostraban un aspecto tan débil durante meses después de tener un bebé.

Acaricié la cabeza todavía pelada de Neevy. Era tan suave como el pelo de la foca. Vi a Ione a lo lejos, dando patadas a las olas, brincando y bailando como si no tuviera ninguna preocupación. Debía de ser agradable no tener que preocuparte por todo, como el dinero, mamá y que el señor Doyle llamara a las autoridades para denunciar a papá.

Papá.

Se pondría furioso. Pero yo no quería pensar en eso ahora. Estaba cansada de ser Cordie-La-Que-Todo-Lo-Resuelve.

Sólo me apetecía corretear por la playa como Ione, dar patadas a las olas y brincar de alegría.

—¡Cordie! ¡Acércate, deprisa!

Tomé a Neevy en brazos y eché a correr hacia las olas, dispuesta a ponerme también a darles patadas y brincar cuando vi la cabeza de la foca, asomando sobre la superficie del agua mientras se dirigía hacia la playa.

—Mamá ha regresado —dije.

—¡Pero no está sola! ¡Mira, Cordie! ¡Ha traído a unos cachorros! ¡Ha traído a nuestros primos!

En efecto, detrás de la foca negra aparecían las cabecitas grises plateadas de aproximadamente una docena de focas.

—¿Qué?

—¡Nuestros primos selkies bebés!

Quise advertir a Ione que retrocediera. A fin de cuentas, las focas eran animales salvajes. Pero no lo hice. No podía articular palabra. La foca más grande se acercó a mí bamboleándose, suspiró y se tumbó a mis pies, cerrando los ojos como si estuviera agotada. La herida no tenía mejor aspecto, pero al menos no había empeorado.

Unas focas de diversos tamaños, la mayoría mucho más pequeñas que ella, la rodearon. Ninguna era de color oscuro o negro. Su lustroso pelaje era gris. Yo no había visto nunca unos animales como estos, aunque se parecían un poco a las fotos que había tomado papá de las focas pixies. Pero las focas pixies básicamente habían desaparecido, de modo que no eran ellas. Echaron a andar por la playa en busca de un lugar en la arena o sobre las rocas donde tumbarse a descansar, como si se echaran la siesta.

—Mira, Neevy, tu primito. ¡A que es una monada!

Al volverme vi a Ione tratando de coger en brazos a la foca más pequeña, como si fuera un bebé. Era demasiado grande y pesada, pero mi hermana no se dio por vencida.

—Ione, más vale que dejes a esa foca en el suelo antes de que su madre te vea y te muerda en el trasero.

—Míralo. Es adorable. Le llamaré *Henry*. Hola, primo *Henry*.

Curiosamente, a las focas de mayor tamaño no parecía importarles que Ione tratara de tomar en brazos a sus bebés, los mirara a los ojos y les pusiera un nombre. En total había quince focas.

—Cordie, ¿tienes algo en que escribir? Quizá podamos utilizar el libro de los selkies para escribir sus nombres en él; de lo contrario, los confundiré siempre. Bueno, no te quedes ahí parada.

La foca grande y negra que yacía a mis pies suspiró como había hecho en varias ocasiones. *De acuerdo*, pensé, *sacaré el libro de la bolsa de los pañales*. Pero el libro había desaparecido. Y hacía un rato, cuando había examinado nuestras cosas, no lo había visto. Probablemente se había quedado en el fondo del mar.

—Dime sus nombres. Te ayudaré a recordarlos.

Ione miró a cada foca detenidamente antes de decidirse por un nombre.

—*Betty, Daisy, William, Kate, Brian, Finn, Sorcha, Fergal, Diana, Charlie, Mo, Dearbla, Michael y Oisin.*

—Son unos nombres bastante raros —comenté.

—Yo no tengo la culpa de que se parezcan a esos nombres. Son unos selkies bastante raros.

—Quizá ya tengan nombre. ¿Has pensado en eso? ¿Y si fueran sólo unas focas, Ione? ¿Tan sólo unas focas?

Pero ella no me escuchaba. Mantenía una apacible conversación con el pequeño *Henry*, explicándole que estaba dispuesta a elegir su piel de foca y tratando de convencerle de que podía transformarse en un ser humano cuando lo deseara, y que ella se volvería de espaldas si a él le daba vergüenza que lo viera desnudo.

Herida

La foca negra había empeorado.

Durante la tarde, las pequeñas focas se tumbaron a descansar en la playa o jugaron entre las olas mientras buscaban algún pez que capturar, pero la foca grande no se metió en el mar en ningún momento. Cambió de postura varias veces, pero nada más. Cuando anocheció, seguía sin moverse. Nosotras no podíamos regresar a casa esa noche, debido a la oscuridad y al mal estado de la lancha, de modo que Ione decidió dormir con Neevy en la cueva más espaciosa. Algunas focas la siguieron, pero no la más grande, que se quedó en la playa. Yo me tumbé cerca para poder observarla a la luz de la luna. Cuando me dormí no se había movido.

Cada vez que me desperté durante la noche, que calculo que fue un centenar de veces, comprobé que la foca seguía allí,

* * *

Por la mañana, una suave manta de niebla gris aparecía suspendida sobre el Reino de los Selkies, haciendo que el sol pareciese un pequeño círculo blanco sobre el horizonte. El mar estaba en calma en algunas zonas, como un cristal oscuro, pero en otras estaba revuelto y cubierto de espuma. Era precioso, pero hoy no ofrecía un aspecto amigable. En absoluto.

En la playa, sin embargo, la escena era muy distinta, con Ione trajinando de un lado a otro como un pequeño general al mando del mundo.

—Prepararé el desayuno —dijo.

Se apresuró a coger unas moras y sacó el queso de cabra de la bolsa de los pañales. Era lo mismo que habíamos comido anoche para cenar, pero no nos importó. Estábamos hambrientas. Habíamos decidido reservar las manzanas para Neevy, al menos unas cuantas. Por suerte, a ella no pareció importarle comer pan húmedo y revenido y unos plátanos de color marrón. Me disgustó darle esa comida tan poco apetecible, pero la pequeña tenía que comer y las moras eran demasiado ácidas para su paladar.

—No puedes comer nada de eso —dijo Ione a *Henry*, regañándole cuando la foca se puso a olisquear nuestro pícnic—. Tienes que comer pescado. No tenemos suficiente comida para darte un poco. Ve a pescar un pez. Anda, vete.

Como un cachorro obedeciendo órdenes, *Henry* echó a andar por la playa, se acercó a la foca grande y la olió un par de veces. Cuando ella le ladró, la pequeña foca retrocedió y se dirigió hacia el agua.

—Mamá no parece muy contenta esta mañana, Cordie...

—Lo sé. Iré a ver cómo está. Tú cámbiale el pañal a Neevy.

—Creo que sería mejor no ponerle un pañal —respondió Ione—. Si las focas son capaces de buscar un sitio donde hacer sus necesidades, Neevy también puede hacerlo. Además, quedan pocos pañales.

—Como quieras —murmuré, sin apenas prestar atención. Me preocupaba cómo mis hermanas y yo íbamos a salir de esta isla. Y me preocupaba la foca. Parecía más débil y tenía los ojos entrecerrados. Yo no quería asustar a Ione, pero cuando la foca había ladrado a *Henry*, su ladrido no parecía el de un animal fuerte y sano, sino todo lo contrario.

Ione, en cambio, lo estaba pasando en grande. Jugaba a las casitas con una manada de focas y creía que su madre había regresado y descansaba en la playa, velando por sus hijas, sus sobrinos y sobrinas. La parte de mi plan consistente en hacer que Ione comprobara que en la isla no había selkies y renunciara a la disparatada historia que yo había comenzado, había fracasado estrepitosamente.

—Buenos días..., esto..., mamá —dije suavemente mientras me agachaba junto a la foca—. No tienes buen aspecto. —Ella se volvió hacia mí como para mostrarme su herida, que había empeorado—. ¿Cómo te hiciste eso?

Ella me miró con sus ojos negros llenos de dolor.

—No te preocupes. Ya se me ocurrirá algo. ¿Recuerdas cuando ayer te levantaste y pescaste unos peces? Eso hizo que te sintieras mejor, ¿no?

Me levanté y eché a andar hacia el agua.

—Anda, mamá. Ven conmigo. ¡Vamos a pescar!

Un grito procedente de la cueva interrumpió mis intentos de hacer que la foca me siguiera hasta el mar.

—Mamá no es un perro, Cordie. ¡No la trates como si lo fuera!

Murmuré algo entre dientes, algo poco amable, y la foca me miró enojada.

—No me mires como si hubieras entendido lo que he dicho, mamá. No eres más que una foca. Y no eres mi mamá. Te llamo así para que Ione deje de chincharme. Te agradezco que nos trajeras hasta aquí y todo lo demás, pero ahora sé buena y métete en el agua para limpiarte la herida —dije señalando el profundo corte que tenía en el hombro.

Pero ella bajó la cabeza y contempló el mar con tristeza.

Esto iba de mal en peor.

Cogí unas hojas de mora, recordando que mamá solía cogerlas en nuestro jardín, las trituraba y utilizaba como una pomada balsámica cuando nos heríamos en las rodillas. Se me ocurrió que si las aplicaba en el hombro de la foca quizá le aliviarían el dolor.

El relato de una hija

—Tranquila, tranquila. Esto te alivia, ¿no?

Si te preguntas si creo que el hecho de que creciesen moras en la isla y en nuestro jardín es mucha casualidad, la respuesta es afirmativa.

Te aseguro que triturar las hojas para formar un emplasto no resultó tan fácil como yo creía. Ione trató de masticarlas para obtener un buen engrudo, pero al cabo de un rato se le adormeció la lengua.

Pero quiero contarte algunas cosas. Unas cosas mientras duermes que quizá te ayuden a soñar y quizá te ayuden a curarte.

No sé si lo primero o lo segundo, pero me conformo con cualquiera de las dos cosas.

Erase una vez tres hermanas. Una era mayor que las otras dos, mucho mayor. Y entonces sucedió algo muy triste. Bueno, antes que eso, debes saber que esta familia era una familia feliz. Había una madre que tenía unos dedos mágicos y trabajaba en una peluquería, y un padre que reparaba barcos. No eran ricos, pero eran felices. Y sus hijas también. Al menos, dos de ellas. La pequeña era sólo un bebé cuando sucedió eso tan triste.

Verás, la madre de las niñas se marchó. Y nadie sabía adónde había ido.

Supongo que no lo sabes, pero cuando algo malo le ocurre a un niño o a una niña, sus compañeros en el colegio reaccionan de forma extraña. No saben qué decir, de modo que, por lo general, no dicen nada. Es como si tuvieras la peste. Todos los amigos de las niñas se habían esfumado como hace la niebla, al principio sin que apenas lo notes, pero de pronto desaparece del todo.

Eso enfureció y entristeció a Ione. Dejó de esmerarse en el colegio. La lectura nunca se le había dado bien, pero cuando mamá se fue la cosa empeoró.

Y la pequeña, Neevy, contrajo unas fiebres extrañas que tan pronto aparecían como desaparecían. Papá creía que la mayor no sabía el dinero que costaba ir al médico. Pero lo sabía.

Sabía que alguien tenía que ocuparse de todos, de modo que lo hizo ella. No pienses que papá no hizo lo que debía hacer. Por supuesto que sí. Pero no ganaba mucho dinero, y la hija mayor comprendió que se le había roto el corazón.

Quizá sea más exacto utilizar el término «destrozado». Los pedazos probablemente seguían ahí, pero eran tan pequeños que era imposible imaginar que pudieran volver a unirse.

No se puede reparar lo que se ha roto. Es imposible.

De modo que esta familia empezó a romperse también lentamente.

Sin embargo, la hija mayor no estaba dispuesta a permitir que eso ocurriera. Tras muchos esfuerzos, consiguió trabajo limpiando la tienda de un viejo cascarrabias. Ella no quería, pero era necesario para resolver la situación y no dudó en hacerlo.

Aún no te he hablado de la carta. La hija mayor encontró una nota de su madre oculta en un viejo volumen sobre selkies. Al principio, cuando leyó la carta, se sintió más animada, porque comprendió que su madre no había querido marcharse. Porque cuando las personas se marchan sin despedirse, es difícil adivinarlo. La niña no quería enfadarse con su madre. Se esforzó en no enfadarse con ella. Pero a veces no puedes evitarlo. Las mamás no deben abandonar a sus hijos.

Hasta las focas saben eso.

Ahora viene la parte mala, porque la niña se inventó una mentira y dijo a su hermana que su madre era en realidad una selkie y que por eso se había marchado.

Su hermana le creyó.

Y ahora viene lo más curioso. Verás, la hija mayor no cree que su madre sea una foca. Sería estúpido y ridículo creerlo.

Pero desea creerlo. Con toda su alma.

Desea creer que dentro de la foca, en un lugar muy profundo, está su madre. Y si pudiera hallar la forma de invertir la magia que hizo que su madre se convirtiera en una foca, resolvería el problema.

Pero no podría hacerlo. Me refiero a cambiar a las personas. Pero quizá pudiera resolver otro problema, el del dinero. La gente sabe que no es correcto hablar de dinero, especialmente cuando no tienes, pero la chica era lista y se le ocurrió ir en busca de un tesoro. Un tesoro solucionaría muchas cosas. Papá no tendría que trabajar tanto y quizá podría ayudar a sus hijas a encontrar a su madre.

Pero hay otra persona que también quiere encontrar el tesoro, un hombre con cara de langosta llamado señor Doyle. Es un viejo chiflado. Él también cree que mamá es una selkie. Y apuesto a que, si alguien se lo preguntara, diría que cree que la luna es un trozo de queso de cabra sobre un bonito plato de porcelana que una selkie le robó hace tiempo y lo lanzó al cielo nocturno.

Está como una regadera.

Pero lo más disparatado fue cuando la foca apareció en Selkie Bay y convenció a la hermana de que tenía razón. Mamá estaba atrapada en una piel de foca.

La hija mayor hizo algo que probablemente no debió hacer. Aunque fue muy valiente por su parte. Pensó que era algo que su madre habría hecho. Cogió la lancha de la familia y... bueno, ya conoces el resto.

He omitido la parte cuando te heriste. No sé cómo sucedió, pero lo lamento mucho.

Y no sé por qué permaneciste junto a nosotras, ni cómo lograste salvarnos. Pero deseo sinceramente que te cures. Porque si

te mueres, seguro que muchas de esas foquitas te echarán de menos. Te necesitan.

* * *

Nosotras también te necesitamos.

El fin del campamento

SOÑÉ QUE ESTABA EN UNA HABITACIÓN BLANCA con cables y tubos y máquinas silenciosas. Había una ventana con cortinas blancas, de esas transparentes que no sirven prácticamente para nada porque no impiden que pase la luz. Sólo hacen que la luz sea difusa. Pero debajo de esas cortinas inútiles hay unas persianas que puedes cerrar para bloquear toda la luz.

Pero en mi sueño, las persianas estaban abiertas y la habitación estaba llena de una luz difusa. Era una especie de dormitorio, porque había un par de camas con sábanas blancas. Pensé que en una de las camas había alguien, pero antes de poder comprobarlo me desperté.

La foca, junto a la que había echado un sueñecito, seguía durmiendo profundamente.

—Solías acurrucarte junto a mamá en su cama, como estás ahora, y yo me tumbaba al otro lado. ¿No te acuerdas, Cordie?

Lo recordaba perfectamente.

Recordaba que la respiración de mamá cambiaba, de forma que se parecía a la mía, y yo sentía los latidos de su corazón mientras yacía junto a ella. Y durante un minuto, fingí que estaba acurrucada junto a mamá en su cama.

Y era como cuando estábamos en casa.

Rodeé a la foca con el brazo y una vocecilla en mi interior dijo, antes de que yo pudiera impedirlo, *te echo mucho de menos, mamá.*

—No llores, Cordie. Mamá tiene mejor aspecto —dijo Ione, inclinándose sobre mí—. Al menos, un poco mejor.

—No lloraba —respondí—. Se me ha metido un poco de arena en los ojos. Eso me pasa por dormir en la playa.

No me había propuesto echar un sueñecito a estas horas del día, pero era mucho más fácil dormir en esta pequeña y extraña isla durante el día, cuando había luz, que por la noche, cuando todo estaba oscuro. Nunca había visto tantas sombras negras como anoche. Pero ahora tenía que levantarme y buscar la forma de reparar la lancha, de encontrar el tesoro y decidir qué hacer con la foca.

El cielo, que ayer era un mosaico de niebla blanca y un maravilloso color azul, esta tarde tenía el color del pavimento. Oscuro, gris y amenazador.

—No me gusta el aspecto de eso —dije levantándome, sacudiendo la arena de mi trasero y señalando las nubes que se formaban en el cielo.

—Pues a mí no me gusta el aspecto de esto —contestó Ione, sosteniendo la bolsa vacía de los pañales boca abajo. La comida, las botellas de agua y los pañales se habían agotado al mismo tiempo.

—Supongo que tendremos que volver a comer moras —dije torciendo el gesto.

Algunas de las focas medianas regresaron a la playa con el pescado que habían capturado, pero yo no tenía ganas de ponerme a limpiarlo y menos de encender un fuego y cocinarlos. Además, no tenía un cuchillo. Pero al menos podíamos dar de comer pescado a la foca grande. Neevy, que seguía roncando ligeramente en brazos de Ione, tendría que acostumbrarse cuanto antes a comer moras. O pescado crudo.

—Creo que deberíamos explorar la isla —propuse—. Quizás encontremos algo más que comer. Si aquí crecen moras, es posible que crezcan otros frutos.

—Y debemos decidir dónde vamos a empezar a excavar. Estoy segura de que hay muchos tesoros escondidos aquí. ¿Te acuerdas? Si yo fuera una selkie, enterraría mis tesoros aquí. ¿Crees que debemos dejar a mamá? —continuó Ione—. Quizá se preocupe por nosotras si se despierta y ve que nos hemos marchado.

—Pues despiértala y díselo.

—¡Mamá! ¡Mamá! —dijo Ione, arrodillándose junto a la foca y zarandeándola un poco—. Despierta, mamá.

Pero la foca no se movió.

—Cordie, mamá no se despierta.

Me arrodillé y toqué el pecho de la foca para comprobar si seguía respirando. Respiraba lentamente, de forma entrecortada y superficial.

—Necesita descansar, eso es todo.

—No me gusta cómo respira. Es como si no respirara.

Tragué saliva, devanándome los sesos en busca de una mentira que me sacara de este apuro.

—Las focas, quiero decir los selkies, pueden contener el aliento durante mucho rato, de modo que no te preocupes. Dejemos que duerma.

Acaricié suavemente su cabeza. *Por favor, no te mueras..., mamá.*

Rogué que mientras Ione y yo estuviéramos ausentes subiera la marea y la transportara hasta el mar para que éste curara su herida.

Y si el mar no estaba dispuesto a curarla, confié en que se la llevara para que al menos no muriera sola, varada en una vieja isla. Quizá fuera mejor que permaneciéramos a su lado, pero era arriesgado. Al mirar a Ione a los ojos comprendí que lo que necesitaba era esperanza. Había sido abandonada por una madre, no merecía que la abandonaran dos.

* * *

Tomé a Neevy en brazos mientras Ione se despedía de cada uno de nuestros primos selkies, diciéndoles que íbamos a explorar el resto de la isla y pidiéndoles que cuidaran de mamá.

—Dadle lo que necesite —les ordenó.

Henry nos siguió mientras avanzábamos por la arena hacia las cuevas.

—Anda, vete —dije.

—Uuuh —dijo Neevy.

—No le ahuyentes, Cordie. Quiere acompañarnos, ¿no lo ves? Vamos, *Henry*. —Ione se agachó y él trató de saltar a sus brazos, como si fuera un cachorro. Al hacerlo la derribó al suelo de espaldas y se plantó sobre su estómago.

—¿Qué pasa? ¿No has visto nunca a una niña llevar a su primo en brazos? —me espetó Ione.

Me reí y meneé la cabeza. Ione tenía un aspecto ridículo. Me chocó que me hubiera reído, teniendo en cuenta que apenas nos quedaba comida, el cielo se estaba oscureciendo y el aire olía a lluvia. Y estaba muy preocupada por... mamá. La mamá que nos había abandonado hacía unos meses y la mamá que yacía herida en la playa. Las dos giraban en mi imaginación, juntándose y separándose hasta que yo ya no sabía qué creer. De modo que traté de no pensar en ello. Dejé que la risa surgiera borboteando, brincando alegremente frente a la cajita de la ira, la cual permanecía cerrada a cal y canto.

*   *   *

Más allá de las tres cuevas había otra pequeña abertura.

—No sé si pasaremos a través de ella —comentó Ione, depositando a *Henry* en el suelo y empujándolo para que se adelantara—. Anda, inténtalo tú —le dijo, empujándolo de nuevo suavemente con el pie.

Henry penetró a través de la pequeña abertura mientras nosotras esperábamos.

—Entraré detrás de él. Puede que aquí guarden las otras pieles de foca. Ya sabes, las que nos reservan para nosotras. —Ione se colocó a cuatro patas.

Yo tiré de la parte posterior de su camisa, impidiéndole que entrara en el túnel.

—¿Y si fuéramos simplemente personas, Ione? ¿Y si, dado que papá no es un selkie, nosotras tampoco lo fuéramos? ¿No crees que si pudiéramos convertirnos en focas ya nos habríamos dado cuenta?

Hablé despacio, midiendo bien mis palabras. No quería disgustarla, pero estaba absolutamente convencida de que al final de ese túnel no encontraríamos unas pieles de foca.

Ione me miró como si yo estuviera loca y desapareció dentro de la pequeña cueva sin responder. Yo sabía que no debía dejarla entrar, que no cuidaba de mi hermana menor como debía, pero estaba cansada y a veces una se harta de tener que encargarse siempre de todo.

Al cabo de unos segundos Ione salió de la pequeña cueva.

—¡Mira esto, Cordie!

Me mostró un objeto marrón cubierto de polvo, y durante un momento me quedé sin habla. Pero no era una piel de foca, sino una gastada bolsa de cuero con un oxidado cierre en la parte superior. *Henry* apareció detrás de Ione.

—Ahí dentro es como un túnel, que luego se hace más ancho. ¡Pero mira! ¡Me pregunto qué hay dentro!

Mientras Ione abría la bolsa, yo me pregunté algo muy distinto. *¿Quién la había dejado allí? ¿Y por qué?*

—¡Anda, unas galletas! ¡Os quiero! —Ione sacó de la bolsa una lata de galletas, se la acercó a los labios y le estampó un sonoro beso—. ¡Me casaría con vosotras, galletas! —Destapó la lata, que tenía un aspecto familiar. Era de Galletas Para Focas, la tienda que había en la ciudad. Debí suponerlo. Algunas galletas eran de chocolate y otras sólo de mantequilla.

No recuerdo haber visto nunca a Neevy tan excitada. Empezó a agitar los brazos y a emitir unos ruiditos entre un bufido y un chillido de gozo. Deposité una galleta en su rechoncha manita y comenzó a mordisquearla la mar de contenta.

No mentiría si dijera que esas galletas eran las mejores que yo había probado en mi vida, aunque estaban un poco deshechas, rancias y sabían a papel viejo.

Nos las comimos alegremente mientras el viento soplaba alrededor de nuestras piernas. Sentí que me caían encima un par de gotas, pero quizá lloviera poco. A veces, en Selkie Bay los vientos provocaban fuertes chubascos, y a veces remitían al poco tiempo.

Neevy dejó caer un trozo de su galleta y *Henry* se apresuró a olisquearlo, pero no lo tocó. Ione lo recogió, invocando la regla de los cinco segundos[3], y lo engulló. Estábamos tan distraídas con las galletas y las gotas de lluvia que caían, que no se nos ocurrió que la bolsa pudiera contener otras cosas.

---

3. La creencia popular de que un alimento no queda contaminado por bacterias si se recoge del suelo antes de que transcurran cinco segundos. (*N. de la T.*)

Nuestros pensamientos debieron de cruzarse en el aire al mismo tiempo, pues Ione me pasó la lata de galletas y siguió registrando la bolsa.

—¡Mira! ¡Un encendedor! Podemos encender un fuego. Y unas bolsitas de frutas, pero tienen un color marrón y están estropeadas. ¡Puaj! Creo que esto es una manta, pero es muy delgada. Y... hmm... ¿para qué crees que sirve esto, Cordie?

Ione sacó del fondo de la bolsa un palo largo con un garfio en un extremo, de aspecto anticuado.

De repente la galleta me supo a arena.

Yo sabía a quién pertenecía esa bolsa.

Y no era difícil adivinar por qué se encontraba en la isla de los selkies.

Aparece el pez globo

EL PEQUEÑO *HENRY* SE PUSO NERVIOSO y comenzó a ladrar en cuanto el viento arreció. Tomé el palo de manos de Ione y lo guardé de nuevo en la bolsa.

—No vuelvas a tocar esto, Ione. Prométemelo. Es una mala cosa.

Ella asintió y *Henry* se puso aún más nervioso.

—Está inquieto por algo. Más vale que regresemos para comprobar si los demás están bien —dijo, tratando de contenerlo, pero *Henry* quería regresar cuanto antes y empezó a arrastrarse apresuradamente.

Tomé a Neevy en brazos y echamos a correr para alcanzarlo. Lo alcanzamos al cabo de unos segundos, porque es más rápido correr que arrastrarse.

El cielo se había oscurecido de modo alarmante, cubierto por unas nubes grandes e hinchadas.

—¡Han desaparecido todos los bebés, Cordie! ¿Dónde están los bebés?

Observé la playa desierta, tratando de localizar unas cabecitas moviéndose entre las olas. Pero no vi ninguna.

—Bueno, probablemente mamá los ha llevado a pescar algo para la cena antes de que empiece a llover. Eso tiene sentido, ¿no crees?

Confié en que tuviera sentido.

Confié en que a ella no le hubiera ocurrido nada malo.

Ni a los bebés. Confié en que todos estuvieran bien.

—Eso no tenía que haber sucedido. ¿Recuerdas la historia? Deberías recordarla. Me la constate tú. Los bebés deben permanecer en la isla durante la tormenta para que no se separen. Ni se asusten.

Moví la cabeza sin decir que sí ni que no al tiempo que me encogía de hombros, porque no recordaba lo que me había inventado. Recorrí la playa en dirección a donde habíamos colocado a *La Doncella Soñadora* como cortavientos. De repente sopló otra fuerte ráfaga de viento, levantando una nube de arena y conchas y un remolino de billetes de banco, el dinero que yo había puesto a secar.

—¡Agarra los billetes que puedas, Ione! —grité, pero el dinero revoloteaba en el aire, negándose a que lo atrapáramos.

Me volví rápidamente, sosteniendo a Neevy con un brazo mientras con la otra mano trataba de atrapar un billete que flotaba sobre mi cabeza, cuando oí una risa y una voz áspera que dijo:

—La historia de los Sullivan y el dinero se repite. Siempre persiguiendo lo que no podéis alcanzar.

El señor Doyle parecía más alto de lo que yo recordaba, calzado con unas botas negras de agua que le llegaban por encima de las rodillas.

—¿Qué hace aquí? —le pregunté—. ¿Cómo ha llegado hasta aquí? ¿Dónde está su bote?

—Yo podría preguntarte lo mismo —contestó—. Pero veo allí a *La Doncella Soñadora*. Mi bote está al otro lado de esas rocas —agregó, señalando las imponentes rocas negras situadas al norte de la playa.

Supuse que había apagado el motor antes de aproximarse demasiado a la isla, de lo contrario lo habríamos oído.

—Veo que habéis encontrado mi bolsa —dijo, avanzando un paso. Yo me asusté un poco.

—Supuse que era suya.

—Así es. —El anciano avanzó otro paso y observé que sostenía el libro de los *Cuentos infantiles sobre selkies* en la mano—. Y veo que habéis hallado un tesoro —añadió atrapando un billete en el aire.

—Devuélvamelo. No es el tesoro de la isla. Este dinero es nuestro. Lo he traído yo.

—No te creo. ¿Por qué ibas a traer dinero cuando has venido en busca de un tesoro? Seguramente es mío, lo enterré aquí junto a mi esposa.

—¿Su esposa, la *selkie*? —pregunté con tono impertinente, un tono que me habría valido una regañina de mi madre.

—¿No acabo de decírtelo?

En ese momento se acercó Ione seguida por *Henry*, que se ocultaba detrás de sus piernas.

—Usted nos dijo que no existía ninguna isla, señor Doyle. Dijo que el mapa estaba equivocado. ¿Por qué nos dijo eso cuando ya había estado aquí?

—Mentí.

El anciano se fijó entonces en *Henry*.

Sofocó una exclamación de asombro y cayó de rodillas en la arena.

—Que los santos nos amparen —dijo.

Ione se apartó a un lado, de forma que *Henry* quedó bien visible.

El libro de los *Cuentos infantiles sobre selkies* resbaló entre los dedos del anciano, cayendo en la arena con un golpe seco. Debido al impacto se desprendieron algunas páginas del viejo y manoseado volumen, que revolotearon unos instantes en el aire hasta que el viento las transportó hacia la orilla. El señor Doyle no dejaba de murmurar plegarias o algo parecido, con las manos unidas como si rezara, pero sin cerrar los ojos como hace la gente en misa. No apartaba la vista de *Henry*.

Y aunque soplaba un fuerte viento y estaba tan nublado que yo apenas veía con claridad, estoy segura de haber visto rodar una lágrima por su rostro.

En ese momento salieron tres focas del agua. Me pareció que eran *Betty*, *Charlie* y *Oisin*, pero no estaba segura. Fueron a reunirse con *Henry*, que se había colocado frente a Ione, creando una barrera, sedosa y gris, entre nosotras y el señor Doyle.

—¿Sabéis qué son estas criaturas? —preguntó el señor Doyle con voz trémula.

—Selkies —respondió Ione sin vacilar—. Por supuesto.

—No. No son selkies. ¿Es que no sabéis nada? No son selkies y no deberían estar aquí —declaró el anciano meneando la cabeza.

—Por supuesto que sí. Ésta es su isla.

Ione tenía todas las respuestas.

El señor Doyle se enjugó los ojos y los fijó de nuevo en *Henry*.

—No. Son focas pixies. Y no deberían estar aquí —insistió por segunda vez.

—¿Por qué, señor Doyle? ¿Por qué no deberían estar aquí unas focas pixies? —grité para hacerme oír, pero aunque no hubiera habido viento hubiera gritado de todas formas. Me disgustaba que se hubiera presentado aquí. Me disgustaba que me hubiera robado el libro. Y me disgustaba verlo llorar.

—Porque las focas pixies han desaparecido de aquí. Ya no existen. Lo sé. —El anciano tragó saliva y me miró a los ojos con dureza, como retándome a no creerle—. Hace años maté a la última a palos. Que Dios me perdone. —El señor Doyle rompió a sollozar con amargura—. Maté a la última a palos.

Mejor que un tesoro

Nos contó que su padre le había obligado a hacer cosas terribles. Estábamos sentados en la cueva más grande, al abrigo del viento. Cuando yo miraba a *Henry*, a *Betty*, a *Charlie* y a *Oisin*, sentía odio hacia el señor Doyle. Pero cuando lo miraba a él, que lloraba como un bebé, me costaba odiarlo.

Puede que todos hagamos a veces cosas de las que más tarde nos arrepentimos.

Pero Ione no estaba dispuesta a perdonarlo.

—No puedo creer que matara a unas focas bebés a palos —dijo, mirándolo con sus ojos oscuros y sombríos llenos de veneno. Juraría que le estaba maldiciendo.

—Eran otros tiempos —repuso él.

Ione soltó un bufido y siguió acariciando a *Henry*, que tenía la cabeza apoyada en su regazo. Neevy dormía también en mi regazo. Y el señor Doyle estaba sentado frente a nosotras, sin apartar la vista de las tres focas que nos separaban.

—Cuando las focas desaparecieron, mi padre pensó que había vencido. Ni siquiera el hecho de que su pierna (que se había roto al tratar de huir de la foca negra) no se hubiera soldado bien pudo empañar su victoria. Había logrado mantener a las focas alejadas de la bahía. Pero la pesca empeoró sensiblemente.

Recordé la historia que me había contado en su tienda y pensé en el proyecto de investigación de mi padre, cuyo objetivo era ir en busca de las focas pixies que habían desaparecido. Mi padre creía que el tráfico marítimo había ahuyentado a las focas. Pero las pobres habían sido perseguidas y exterminadas a palos.

Y sin embargo, aquí estaban.

—Las pesadillas no cesaban nunca —continuó el señor Doyle—. Por más que yo lo deseara, rezando y derramando lágrimas en el mar, confiando en lograr que regresaran las criaturas que yo había matado. —Alzó la vista para mirarme y volvió a bajarla—. Pero no siempre podemos hacer que las cosas regresen.

Nos habló de su esposa, Pegeen, cuyo aspecto era semejante al de los selkies sobre los que su padre le había prevenido, pero no había podido resistirse a ella. Y que casi trece años después de haberse conocido, ella había desaparecido con todo su dinero.

Trece años.

—Veo que haces tus cálculos, Cordelia. Sí, tu madre vivió en Selkie Bay trece años antes de marcharse.

—Eso no demuestra nada —respondí con tono quedo.

Habían aparecido otras focas, que se habían quedado en la entrada de la cueva. Pero la foca negra no estaba entre ellas. Sentí un nudo de temor en el estómago.

—Es muy extraño lo de estas focas. Es como ver fantasmas. —El señor Doyle alargó la mano para tocar a una, a *Betty*, pero ella le ladró y el anciano se apresuró a retirar la mano—. Pero supongo que son reales.

Todos guardamos silencio durante un rato; el único ruido era el silbido del viento fuera.

—¿Por qué nos robó el libro? ¿Y cómo lo consiguió? —preguntó Ione, rompiendo el silencio de la cueva.

—Estabais tan afanadas buscando a esa foca en el muelle y mintiéndome al decir que no ibais a ninguna parte, que no os disteis cuenta. Y yo necesitaba volver a examinar ese mapa. Sabía dónde se encontraba la isla, pero no el tesoro. Lo había buscado otras veces. —El anciano señaló su bolsa marrón—. Pero hacía años que no lo intentaba. Nunca hallé rastro de un tesoro o una foca. Ni el menor rastro.

—Entonces ¿por qué llevaba un palo en la bolsa? ¿Es que se proponía volver a utilizarlo?

El señor Doyle nos miró horrorizado.

—¡No, no! Jamás volveré a utilizar semejante cosa. Lo traje aquí… porque no soportaba verlo. Porque…, cuando lo veía en mi armario en casa, oía los gritos de las focas madres mientras nosotros…

El señor Doyle no terminó la frase. Creo que ni Ione ni yo queríamos que lo hiciera.

—¿Y el libro le indicó dónde se hallaba el tesoro? —pregunté, cambiando de tema.

El anciano miró las plateadas y sedosas criaturas que había a nuestro alrededor.

—No. Tú sabes bien que el libro no revela los auténticos secretos de la isla —El señor Doyle extendió de nuevo la mano, esta vez con la palma hacia arriba, y la colocó debajo del hocico de *Betty*. Ella la olisqueó y luego le rozó la mano con el hocico. Él le acarició la cabeza y casi sonrió al tiempo que volvía a derramar lágrimas—. Pero algunas cosas quizá sean más valiosas que un tesoro.

Las gachas son aburridas

EL SEÑOR DOYLE SEGUÍA SORBIÉNDOSE la nariz cuando dijo que tenía que ir a echar un vistazo a su bote, de modo que envolví a Neevy en una mullida manta que habíamos rescatado del fondo de su bolsa, la deposité en el regazo de Ione y salí tras él. Puede que el anciano quisiera llorar a solas tranquilamente. Puede que pensara que eso le haría sentirse mejor. Pero yo sabía que no era así. Yo había llorado a mares cuando mamá se había marchado. Podía escribir un libro acerca de llorar, más grande y grueso que cualquier libro sobre selkies. No me había hecho sentir mejor. En absoluto.

Las gotas de lluvia eran diminutas, pero había muchas y formaban una cortina de lluvia.

—¿Dónde está? —pregunté.

—¿Mi bote? Detrás de esas rocas. —El señor Doyle sacó un arrugado pañuelo, se sonó la nariz con fuerza y señaló unas rocas a pocos metros en la playa.

—No lo veo.

—Está allí. Probablemente ha quedado oculto. —El anciano vadeó entre la espuma calzado con sus botas altas.

—¿Está seguro? —pregunté.

—Por supuesto que estoy seguro. Sé dónde anclé mi bote —gruñó sin volverse, avanzando hacia las rocas.

—Pues si su bote está allí, ¿a quién cree que pertenece éste?

Frente a nosotros, a la derecha de donde se dirigía el señor Doyle, había un viejo y enmohecido bote meciéndose sobre el agua, que la corriente arrastraba mar adentro, alejándose de la orilla al atardecer, como en una vieja película.

Juraría que vi seis o siete cabecitas plateadas que le seguían, como para despedirse de él.

Supuse que el anciano se enfurecería, pero tan sólo masculló:

—¡Púdrete, viejo y oxidado cubo de percebes! —Al ver que yo le observaba, murmuró—: ¿Qué miras?

Yo me encogí de hombros.

El señor Doyle era desconcertante. Acababa de perder su bote pero no parecía importarle. Echó a andar despacio, mansamente, de regreso a la cueva, donde estaban las focas, y se sentó entre ellas. Empezó a acariciarlas y a decirles cosas amables. Y ellas se lo permitieron.

Excepto la foca negra.

Que no había regresado aún del mar.

*   *   *

Era demasiado tarde para intentar resolver la situación de nuestra lancha, por no mencionar el hecho de que seguía lloviendo. De modo que el señor Doyle encendió una pequeña hoguera en la cueva y nos dispusimos a pasar lo que sin duda sería una noche muy larga.

—¿Cómo llegasteis las tres hasta aquí? —nos preguntó mientras procurábamos entrar en calor.

No disponíamos de mucha leña, de modo que quemamos el viejo palo. Mientras las llamas lo lamían, el señor Doyle lanzó un prolongado suspiro. Ione y yo hicimos lo propio. Ninguno de nosotros queríamos volver a ver ese palo jamás.

—Ella nos condujo hasta aquí. Me refiero a mamá —respondió Ione—. No te preocupes, Cordie. Él ya lo sabe.

Cuando el señor Doyle sacó, no sin cierta reticencia, una pequeña lata de Galletas Para Focas frescas, en un envase mucho más moderno, Ione decidió perdonarle por las tropelías que había cometido anteriormente, a condición de que no las repitiera.

—¿Ella? ¿La foca negra? ¿Ella os condujo hasta aquí? —preguntó el anciano de forma entrecortada, entre mordisco y mordisco a una galleta.

Ione asintió.

—Pero no es una foca. Es una selkie.

El señor Doyle me miró y desvié la vista. Todo indicaba que la foca nos había conducido hasta aquí, o quizá nos había empujado hasta aquí. En cualquier caso, no habríamos llegado sin ella.

—Estoy preocupada por ella, Cordie —dijo Ione.

—Descuida, está bien.

Pero en tal caso, ¿por qué no había vuelto?

Era la segunda mamá acerca de la cual yo había formulado esta pregunta.

Ione dirigió la vista hacia la entrada de la cueva con expresión triste.

—¿Dónde estará?

Yo quería distraerla para que dejara de preocuparse por la foca, y, de paso, distraerme yo. Pero no tenía ganas de hablar sobre selkies.

—Hablemos de otra cosa.

—Hablemos sobre gachas —propuso Ione al cabo de unos momentos un tanto incómodos—. Como en la historia de los tres osos. Siempre me he preguntado si las gachas son lo mismo que avena. En tal caso, ¿por qué no las llaman avena?

—No lo sé —respondí.

Ione quería que el señor Doyle respondiera a su pregunta, pero éste no lo hizo.

—Supongo que las gachas son aburridas —apuntó Ione.

Tras este comentario, los tres fijamos la vista en las llamas. El silencio flotaba en el aire como la bruma, tan denso que casi podíamos verlo. Y olerlo. El silencio olía a algas, a menta y a humo.

De repente la áspera voz del señor Doyle, grave y ronca, empezó a resonar suavemente a través de la cueva.

Una historia
que no trata de selkies

Mi padre me contó una vez una historia, sobre una época anterior a la aparición de los selkies. Siempre ha habido personas que se sienten más próximas al mar que otras. Personas que oyen la llamada del mar y lo sienten palpitar en su pecho con cada latido de su corazón. El movimiento de las olas se asemeja al ritmo de su respiración. Dicen que dentro de cada hombre o mujer hay una especie de océano. Para algunos es más real que para otros.

Así pues, en la época anterior a la aparición de los selkies, había un reino en el que vivían dos hijos, Lorcas y Seamus. Lorcas era un chico fuerte y magnífico, un verdadero tesoro para sus padres. Seamus tenía el pelo negro y los ojos negros, y por sus venas corría más mar que sangre. Seamus era el hijo rebelde que se negaba a seguir el camino que sus padres habían elegido para él. Sus padres no sabían que no puedes controlar un río. Éste sigue siempre su propio rumbo, aunque su trayectoria no sea la más directa. Ni la más fácil.

Lorcas y Seamus se querían mucho, como buenos hermanos que eran. Pero Lorcas sufrió un trágico accidente a consecuencia del cual perdió la vista. El futuro que sus padres habían planeado para él se desvaneció arrastrado por el viento. Se quedó en su casa, sin hacer nada, sin pensar en nada, sin ser nada.

Pero ese viento que se había llevado el futuro de Lorcas lo depositó a los pies de Seamus, quien ahora podía pasar a ser, si lo deseaba, el hijo predilecto. Ya no tendría que sortear obstáculos. La vida regalada estaba a su alcance.

Pero Seamus, por cuyas venas corría el mar, fue a ver a su hermano y le dijo: «Lorcas, a partir de ahora seré tus ojos». No se sabe si fue una cuestión de magia o de amor, pero no importa, pues el caso es que a partir de ese momento todo cuanto Seamus veía Lorcas podía verlo también. Parecía como si los océanos que había dentro de los dos se hubieran convertido en uno. Un mar.

A altas horas de la madrugada

Ione y Henry roncaban suavemente, al igual que el resto de las focas. Incluso Neevy se había quedado dormida bajo el influjo del relato del señor Doyle.

Yo también me había quedado adormilada cuando el abrupto fin de la historia me despertó.

—¿Así termina la historia?

El anciano asintió.

—¿Qué significa? —pregunté.

—Una historia significa lo que tú desees que signifique.

Yo quería preguntarle «¿y eso qué significa?», pero supuse que respondería «lo que tú desees que signifique», y a mí me entrarían ganas de arrojarle un zapato, de modo que me abstuve.

—A veces, Cordelia, hacemos cosas por los demás, por nuestra familia, que quizá no queramos hacer pero las hacemos por amor. Creo que de eso trata la historia de Lorcas y Seamus. De hacer lo que uno debe hacer por su familia.

—¿Tiene usted familia?

El anciano no respondió enseguida, sino que fijó su atención en la entrada de la cueva.

—La lluvia ha remitido y tenemos cosas que hacer —dijo con voz ronca. Luego se levantó para asegurarse de que el fuego estaba completamente apagado, sin mirarnos a ninguna de las tres.

No debí hacer esa pregunta. Neevy resopló un poco en sueños y apoyé una mano sobre su cabeza pelada. Ione, acostada al otro lado de mí, se movió para colocarse cómodamente y le acaricié el pelo. Pensé en lo afortunada que era de tener a mis hermanas y sentí un nudo en la garganta. Habría hecho cualquier cosa por ellas. Lo que fuera.

—Mira quién ha aparecido —dijo el señor Doyle cuando la foca negra entró lentamente en la cueva y se tumbó, respirando trabajosamente.

—¡Mamá!

Me separé de mis hermanas, que dormían, y corrí hacia ella. Sus grandes ojos estaban cerrados y su piel tenía un tacto fláccido, no suave y terso como ayer. Y cuando se volvió para mostrarme su costado, contuve el aliento.

El corte tenía un aspecto mucho peor.

El señor Doyle no se movió de donde estaba.

—¿Puede ayudarme? No sé que hacer por ella —le rogué.

El anciano abrió la boca para decir algo, pero volvió a cerrarla y meneó la cabeza. Observé que se apartaba un poco del fuego, de nosotras.

—Es increíble que le tenga usted miedo —dije, sin dejar de acariciar la piel de mamá—. Ella necesita nuestra ayuda.

—Después de Pegeen, me juré que no tendría nada que ver con selkies reales y auténticas. Nada —murmuró el señor Doyle.

Había reculado hacia un rincón de la cueva, alejándose tanto como era posible de nosotras. Yo estaba segura de que temblaba.

Yo también temblaba. Pero no de temor.

—¡Nada excepto tratar de ganarse el sustento a costa de ellos! —le espeté—. No he olvidado lo que le hizo a

Ione, exhibiéndola a bordo de su estúpido bote. Llenándole la cabeza con historias de…

Me detuve. Yo también había llenado la cabeza de Ione con historias. Incluso había dejado que otros me llenaran a mí la cabeza con historias de tesoros.

Y así me ha ido.

—Si mantienes a eso… —el anciano señaló a mamá—… si la mantienes allí, iré para empezar a reparar vuestra lancha. Es el único medio que tenemos de abandonar esta isla y alguien tiene que hacerlo. Debemos partir al amanecer.

—Yo la sujetaré, pero está demasiado débil para atacarle, si es eso lo que le preocupa —respondí, rodeando a la foca suavemente con mis brazos.

El señor Doyle pasó con cautela frente a nosotras, pero cuando pasó junto a la cabeza de mamá, ésta abrió sus ojos negros y lo miró. Él pasó de largo apresuradamente, como si hubiera pisado una llama.

Mamá nunca había sentido simpatía por el señor Doyle.

* * *

Por la mañana, utilizando las herramientas que llevaba en su bolsa marrón, el señor Doyle había terminado de reparar el agujero del casco de *La Doncella Soñadora*.

—Ha despejado bastante, pero debemos partir lo antes posible. No quiero toparme con esa tormenta —dijo, señalando unos nubarrones en el norte—. Es imposible calcular cuánto tardará en llegar —agregó—. A vuestro padre le habrá dado un síncope. Primero vuestra madre y ahora…

No era necesario que terminara la frase.

—Usted no llamó a las autoridades. —No era una pregunta.

—Desde luego que no. ¿Qué clase de hombre crees que soy?

Ésa era una pregunta que yo no podía responder. ¿Qué clase de hombre era Archibald Doyle? ¿El hombre mezquino y tacaño que Ione odiaba debido al aspecto que tenía? ¿El hombre extraño y tierno que había ofrecido a una niña desolada por la desaparición de su madre un paseo en bote? ¿El explotador dispuesto a utilizar a una niña para promover su negocio? ¿El cascarrabias arrepentido de sus pasadas tropelías que ahora daba de comer pescado a las focas pixies de color gris cuya desaparición había provocado tiempo atrás?

¿O una mezcla de esas cosas?

Probablemente yo no le comprendería jamás. Incluso ahora, mientras trataba de unir las piezas del puzle que representaba el señor Doyle en mi cabeza, quedaba una pieza que no encajaba. La pieza del temor que le infundía mi madre.

Mamá se había dormido. Coloqué a Neevy junto a ella porque cuando Ione lo había hecho a ella pareció complacerle. Ione le acarició la piel con las yemas de los dedos mientras le cantaba. Yo no sabía si tenía fiebre o no, porque es imposible saber la temperatura que debe tener una foca.

—Parece que está mejor, ¿verdad, Cordie?

—Sí —mentí. Mamá no parecía estar mejor.

Me senté a su lado y examiné de nuevo la herida. Estaba bastante segura de que se la había hecho con la hélice y que estaba infectada. Se había herido al ayudarnos.

De las focas pixies, sólo *Henry* se había quedado con nosotras en la cueva. Algunas habían salido con el señor Doyle, y otras no habían llegado, sino que probablemente estaban jugando entre las olas.

—¿Vamos a marcharnos realmente sin buscar el tesoro? —susurró Ione—. Hemos venido hasta aquí y no hemos excavado en ningún lugar.

El tesoro ya no me importaba. Oro, plata, dinero. Nada de ello podía ayudar a la foca negra.

—El señor Doyle ha venido aquí muchos años. ¿No crees que si el tesoro de la reina de los piratas Grace O'Malley estuviera aquí, él ya lo habría encontrado?

—Los piratas son listos y los selkies aún más. Apuesto a que mamá sabe dónde está el tesoro de la reina pirata. Lástima que no pueda transformarse de nuevo en una persona para decírnoslo. ¿Cuándo crees que podrá transformarse de nuevo, Cordie?

—No lo sé.

—Seguro que en el libro lo ponía. ¡Qué rabia que el señor Doyle lo rompiera y las páginas salieran volando y se hundieran en el océano!

Ione siguió hablando, pero las únicas palabras que oí fueron, *¿cuándo crees que mamá podrá volver a transformarse?*, las cuales resonaban una y otra vez en mi mente. Apoyé la cabeza en el costado de mamá y sentí los latidos de su corazón, suaves y cálidos, contra mi oído.

El señor Doyle metió un pie en la cueva y dijo:

—Cordelia, reúne a tus hermanas. Debemos partir. —Luego dio media vuelta y regresó a la playa.

El señor Doyle tenía razón. Yo sabía que tenía razón. Oí el persistente sonido de la lluvia que había arreciado. Las gotas cada vez más grandes. Si no partíamos pronto, quizá no volviéramos a tener oportunidad de hacerlo hoy.

Pero no tenía valor para separarme de la foca, de mamá. No tenía valor para abandonarla. La abracé, no con fuerza, para no hacerle daño, pero con firmeza, como si con ello pudiera devolverle las fuerzas.

—Vamos, Cordie, venid enseguida. Ahora mismo.

Pero no era la áspera voz del señor Doyle la que había cubierto la distancia desde la entrada de la cueva hasta mi oído. Era una voz al mismo tiempo entrecortada y suave.

La de mi padre.

El Pinnípedo

EL PEQUEÑO BARCO DE INVESTIGACIÓN DE MI PADRE, *El Pinnípedo*, estaba anclado en la pequeña laguna del Reino de los Selkies. Lo vi desde la boca de la cueva, a pocos metros de donde se hallaba el señor Doyle, inclinado sobre *La Doncella Soñadora*. Sólo había oído hablar de *El Pinnípedo*, no lo había visto nunca salvo en fotografías, pero en cuanto vi su casco amarillo fuerte comprendí que era el viejo barco de papá.

—Pensé que estaba oxidado y en malas condiciones —fue lo primero que dije a papá, en lugar de «te he echado de menos», o «lo siento».

Pero él me abrazó y yo le devolví el abrazo, y al cabo de unos instantes Ione y Neevy, que dormía, se reunieron con nosotros.

—Ése es el barco que fui a reparar en Glenbay. No quise decíroslo por si no conseguía restaurarlo.

Papá nos besó en la cabeza, casi aplastándonos, pero no nos importó. No nos regañó por haber venido aquí, ni nos dijo que estaba furioso. Eso vendría más tarde.

Si de algo estaba yo segura, era de que en algún momento mi padre me regañaría por lo ocurrido.

—Debemos irnos, hijas. Antes de que estalle la tormenta —dijo.

—De modo que se está aproximando. Más deprisa de lo que supuse —terció el señor Doyle. Al parecer, nos había concedido unos minutos para reunirnos con papá en privado—. Vine aquí en cuanto pude, cuando me enteré de que las niñas se habían marchado. Pero sufrí un contratiempo con mi bote que retrasó mi partida…

—De no haberme tropezado con Raj Patel, no sabría dónde diantres estabais —dijo papá, mirándome fijamente—. Y sí, Archibald, la tormenta se aproxima. Algunos dicen que es la tormenta del siglo.

—La tormenta del siglo. Las palabras riman —comentó Ione.

—No riman. Quizá te lo parezca a ti —repuse.

—Pues sí.

—En serio, chicas. Ya tendremos tiempo para hablar más tarde. Y os aseguro que tenemos mucho de qué hablar —dijo papá.

Comprendí que ese último comentario iba dirigido a mí, pero no quería pensar en ello. En todo caso, aún no.

—*¿Eso que está detrás de ti es una foca, Cordie?* —preguntó mi padre, al fijarse por primera vez en mamá.

—Es mamá —dijo Ione, arrodillándose junto a ella—. Y este es *Henry* —agregó señalando al otro lado, donde *Henry*, alerta como un cachorro, nos observaba a todos.

Papá observó a *Henry* unos momentos, tras lo cual meneó la cabeza sin dar crédito.

—Una foca pixie. ¡Y yo que creí que eran fruto de mi imaginación! —murmuró. Luego miró a mamá—. ¿Llamas a esa enorme foca negra *mamá?*

—Porque es mamá. Es una selkie —repuso Ione.

Papá me miró para que tradujera. Pero no encontré las palabras adecuadas. De repente, Neevy se despertó con un berrido. *Henry* ladró.

Y en ese momento se levantó un viento feroz.

—¡No disponemos de mucho tiempo si queremos salir de aquí con vida! —gritó papá a través del aullido del viento.

—No podemos dejar a mamá abandonada —protestó Ione.

—¡Vamos, Ione! —gritó papá. Sostuvo a Neevy en brazos mientras se dirigía hacia donde se hallaba el señor Doyle junto a *La Doncella Soñadora*—. Archibald, ata la *Doncella* al *Pinnípedo* con el cable de remolque. La remolcaremos.

—A la orden, mi capitán —respondió el señor Doyle, saludando a papá de un modo casi cómico.

—Cordie, obliga a Ione a dejar a esa foca. Tenemos que salir de aquí. Dentro de poco la isla dejará de ser un lugar seguro.

—No pienso abandonarla —replicó Ione, abrazando a la foca—. ¡Es mamá! ¡Es una selkie! Cordie sabe que es verdad. ¡Ella me contó la historia de los selkies!

El silbido y los aullidos que penetraban por las grietas y hendeduras de la cueva eran insoportables.

—Ione, esa foca no es vuestra madre. Si Cordie te lo dijo... se lo inventó y no debió hacerlo —gritó papá—. *Díselo, Cordie. ¡Dile la verdad!*

Pero yo no podía decirle la verdad a Ione porque ya no sabía qué era verdad.

—Ione, soy tu padre. No te miento. Eso no es tu madre. Sube al barco. *¡Ahora mismo!*

Yo jamás había oído a papá utilizar un tono semejante. Ione tampoco. Sorprendida, se levantó, soltó a mamá y se acercó a papá.

—Pero Cordie me lo dijo. Dijo que... —murmuró, pero se detuvo. Al observar la expresión de papá comprendió que no mentía.

En ese momento oí un chasquido. Creo que fue mi corazón cuando Ione pasó junto a mí con una expresión de dolor como jamás había visto en el rostro de nadie.

—*¿Cómo pudiste hacerlo, Cordie? ¿Cómo pudiste mentirme? ¿Por qué?*

De nuevo, no supe qué responder porque no encontraba las palabras adecuadas para explicárselo. Porque a veces no hay una explicación. Sólo hay momentos, uno tras otro, cuando sabes lo que tienes que hacer.

Me arrodillé de nuevo junto a la foca y la abracé.

Cuando papá regresó a por mí, después de llevar a Ione y a Neevy al barco, seguía abrazada a la foca.

—Hablaremos de esto más tarde, Cordie. Anda, vamos —dijo.

Entonces encontré una palabra. Mis labios formaron una sola palabra, que surgió de mi boca antes de que pudiera detenerla.

—*No.*

La historia que deseaba contar a papá

Érase una vez una niña que dejó de creer en las cosas. En todo.

Y luego, por alguna razón, empezó a creer de nuevo. Y lo que no puede decirte es que esta foca en realidad... es su madre. Y no puede decírtelo porque si lo dice en voz alta suena estúpido, y la magia se romperá y su madre desaparecerá para siempre.

De modo que ésta es una breve historia de palabras que no pronunciará jamás.

Porque a esa niña ya no le quedan palabras.

Por la borda

Instalar a mamá en el bote requirió los esfuerzos de los tres: papá, el señor Doyle y yo. Y convencer al señor Doyle para que nos ayudara requirió no pocos esfuerzos por parte de papá.

—¡Archibald Doyle, deja de comportarte como un idiota y échanos una mano!

Papá había gritado por fin. El señor Doyle se santiguó dos veces antes de sujetar la cola de mamá para que mi padre y yo pudiéramos conducir la parte más pesada de su cuerpo y colocarla en *La Doncella Soñadora*. Luego tuvimos que trasladarla al *Pinnípedo*.

La tormenta había estallado con fuerza sobre nosotros.

La Cordie de antes ya habría vomitado dos veces debido al violento oleaje, entre la pequeña lancha y el pequeño barco de investigación, pero yo sólo pensaba en la foca.

En mamá.

No sabía qué había inducido a mi padre a cambiar de opinión sobre el tema, porque desde que yo había pronunciado esa palabra, *no*, no había vuelto a despegar los labios.

Después de colocar a mamá a bordo y ponernos los chalecos salvavidas, papá y el señor Doyle unieron con un cable *La Doncella Soñadora* al *Pinnípedo*. *El Pinnípedo* se puso en marcha, papá empuñó el timón y condujo el bote fuera del Reino de los Selkies.

Yo sostuve a mamá e Ione sostuvo a Neevy mientras dejábamos atrás toda perspectiva de hallar oro y un tesoro.

Las olas batían contra los costado del barco y de pronto *El Pinnípedo* dio unas sacudidas y se detuvo. Papá consiguió arrancar de nuevo el motor, pero no nos movimos.

—¿Qué ha ocurrido? —gritó el señor Doyle para hacerse oír en el estrépito de la tormenta.

—No estoy seguro. Creo que hemos encallado.

Papá miró sobre la borda del barco y luego hacia popa, donde flotaba *La Doncella Soñadora*.

Una ola gigantesca se precipitó sobre nosotros, arrojándonos contra un costado, casi lanzando a *El Pinnípedo* contra las dos rocas guardianas que protegían la isla.

—¡No puedo cortar el cable de remolque que nos une a *La Doncella Soñadora*! —gritó el señor Doyle cuando otra ola cayó sobre nosotros.

Papá abrió los ojos como platos y su voz tembló al decir:

—Tengo que cortar el cable de remolque —informó al señor Doyle, al tiempo que alzaba una temblorosa pierna sobre la borda del barco.

El señor Doyle agarró a mi padre por la camiseta y le obligó a regresar.

—No se te ocurra lanzarte al mar. Todo el mundo sabe que no sabes nadar. Por poco te ahogas en una ocasión. ¡Y las niñas ya han sufrido bastante con la marcha de su madre! ¡Te necesitan! —Parecía dispuesto a propinar a mi padre un puñetazo en la cara, pero éste le gritó:

—¡Si no consigo liberarnos, no nos salvaremos! ¡Las olas nos arrojarán contra las rocas! —Al fin consiguió obligar al señor Doyle a que le soltara.

—¡No lo hagas, papá! ¡No lo hagas! —gritó Ione, llorando y extendiendo una mano para detenerlo.

Yo también estaba a punto de romper a llorar. Pero mi voz no expresaba nada. Miré a mamá, que a su vez me miraba a mí. Sus ojos oscuros me hablaron con mayor elocuencia que las palabras. Luego movió su cuerpo de foca y se alejó de mí.

No.

Mis labios no podían moverse y, cuando la gigantesca ola se precipitó sobre la borda de *El Pinnípedo,* papá corrió hacia mí y me agarró. Unos inmensos cubos de agua cayeron sobre nosotros, derribándonos sobre la pequeña y astillada cubierta.

Cuando la ola se retiró, la foca había desaparecido.

—¡Mamá! —gritó Ione. El señor Doyle la sujetó a ella y a Neevy, y papá me sujetó a mí.

—Preparaos, chicas. ¡La próxima será aún más grande! —nos advirtió el señor Doyle.

Nos acuclillamos sobre la cubierta del bote, pero cuando llegó la siguiente ola, en lugar de precipitarse sobre nosotros nos alzó y condujo a través de las rocas guardianas hacia el mar abierto.

—¡Nos hemos soltado! —gritó el señor Doyle.

En efecto, nos deslizábamos volando sobre la ola. Fuera lo que fuera en lo que se había enredado el cable de remolque debajo de la superficie y paralizado al *Pinnípedo,* había desaparecido milagrosamente, liberándonos.

Papá se apresuró a empuñar el timón y al cabo de unos momentos abandonamos la zona peligrosa a toda velocidad y pusimos rumbo de regreso a Selkie Bay, remolcando a *La Doncella Soñadora,* que se bamboleaba alegremente sobre el agua.

Ione se acurrucó junto a mí. Depositó a Neevy en mis brazos y yo la abracé con fuerza.

—Mamá nos ha salvado —dijo Ione—. La vi saltar por la borda para liberarnos. Fue ella. Y se ha vuelto a marchar.

Sólo fui capaz de mirar hacia atrás al tiempo que el Reino de los Selkies desaparecía entre las nubes y la niebla. No había nada que decir, porque Ione lo había dicho todo.

* * *

En el espacio de aproximadamente una hora, habíamos sobrevivido a la peor de las tormentas y nos aproximábamos al puerto. Estábamos calados hasta los huesos. Ahora comprendí por qué lloraba Neevy cuando quería que le cambiásemos el pañal.

—Ni siquiera he podido despedirme de *Henry* —se quejó Ione—. Ni de *Betsy, Daisy, Diana, Charlie, Oisin* o… ¡Ay, Cordie, sabía que olvidaría sus nombres!

William, Kate, Brian, Finn, Sorcha, Fergal, Mo, Dearbla y Michael.

—¿Las focas? —preguntó papá—. ¿Les pusiste nombre a todas?

—Pues claro. Necesitaban un nombre. Y son selkies.

—No, Ione, no son selkies. Son focas pixies, la especie que mi equipo trató de encontrar hace años. Habían desaparecido de estos parajes.

Miré al señor Doyle, pero estaba ocupado gobernando la embarcación. Me pregunté si estaba disgustado por haber perdido su bote, o si, al igual que papá, se alegraba de estar vivo.

—Pero ahora —continuó papá—, estas focas han regresado. Probablemente han estado reproduciéndose en esa isla durante estos años. Yo no daba crédito a lo que veía en el agua. Jamás habría hallado la isla por mí mismo de no haberlas seguido. Sus cabecitas plateadas asomando entre las olas me condujeron hasta vosotras.

—¿Por qué no tenía mamá el mismo aspecto que ellas?

—La foca grande y negra no era una de ellas. Era un tipo de foca distinto. Tal vez una foca gris, aunque tenía un color más oscuro de lo habitual. Te las mostraré en mi libro cuando lleguemos a casa.

Ione no llevó la contraria a papá, pero cuando me miró, comprendí que ya no pensaba que yo fuera una mentirosa. Ambas sabíamos que la foca negra nos había salvado a todos.

Y sabíamos que eso era justamente lo que mamá habría hecho.

Palabras

—Cordie, hace dos días que no dices una palabra y estoy cansado de esto. —Papá alzó la vista de su bol de avena, dejó su cuchara a un lado y me miró—. No has despegado los labios desde que abandonamos esa isla.

Yo lo deseaba con toda mi alma. Deseaba decir algo.

Lo que fuera.

Aunque no tenía muchas cosas que decir.

Ione había explicado a papá todo lo sucedido. Y papá me había explicado lo disparatado e irresponsable que había sido llevar a mis hermanas a bordo de *La Doncella Soñadora* en busca de la isla escondida.

Papá tenía razón. Había sido una irresponsabilidad. Y probablemente una estupidez. Si yo tenía aún la cajita de la ira, seguro que estaría abierta y furiosa conmigo por haberme comportado como una idiota.

Pero la cajita estaba vacía. Había desaparecido.

—Ya estoy harto —dijo papá. Acto seguido se levantó y cogió el teléfono—. Hace tiempo que debí haber hecho esto —añadió. Mientras marcaba un número, nos señaló a Ione y a mí—. Arreglaos, y arreglad también a Neevy. Vamos a salir.

* * *

Nuestro coche era viejo y estaba oxidado, como *El Pinnípedo*, pero al menos no era amarillo.

Tardamos una hora y media en llegar a la ciudad.

Ione no paró de hablar durante todo el trayecto, preguntando a papá adónde íbamos y por qué nos llevaba allí, pero él apenas respondió a sus preguntas. Ione no parecía temer ausentarse de casa, como le ocurría antes, sino que estaba muy animada y hablaba por los codos.

Neevy, por suerte para ella, durmió durante todo el camino.

En cuanto a mí, apoyé la cabeza contra la ventanilla y miré al exterior. No veía nada salvo una mancha borrosa. Y no pensaba en nada salvo en la foca negra a la que había llegado a considerar nuestra madre. Pero ahora que ya no estaba en el Reino de los Selkies, me costaba pensar que mamá fuera esa foca, me costaba imaginarlo.

Pero también me costaba olvidarme de ella.

—Ya hemos llegado —dijo papá, deteniéndose frente al Hospital Municipal—. Está ingresada aquí.

Nos condujo en silencio hasta la cuarta planta, por un pasillo blanco y a una sala de espera pintada de azul claro. Nos acercamos a un mostrador, donde una enfermera alzó la cabeza y nos miró.

—Hola, señor Sullivan —dijo.

Papá sonrió y nos indicó que nos sentáramos en un sofá. Nosotras obedecimos.

—Aguardad aquí un minuto —dijo. Echó a andar por el pasillo y entró en una habitación.

—¿Por qué crees que estamos aquí? —susurró Ione. Aunque no tenía muchos modales, sabía que en un hospital hay que hablar bajito.

Me encogí de hombros. Ione debió de suponer que no respondería. O que no podía hacerlo.

—Tú primero, Cordie —dijo papá, deteniéndose en el umbral e indicándome que me acercara. Cuando me disponía a entrar en la habitación, me detuvo y dijo—: Ella me hizo prometérselo, Cordie. Por esto guardaba yo el dinero. Por si lo necesitaba para… el tratamiento. Pero no debí prometérselo. Fue un error.

La habitación estaba pintada de blanco, con cables y tubos y máquinas silenciosas. Había una ventana con cortinas blancas, de esas transparentes que no sirven para nada porque no impiden que pase la luz. Y dos camas. La que estaba junto a la puerta estaba vacía, pero la que estaba junto a la ventana estaba ocupada por una persona. No tenía el aspecto que yo recordaba. Había perdido su cabello negro. Al ver que yo no dejaba de observar su cabeza, comentó:

—Supongo que me parezco a Neevy. Podríamos ser gemelas.

Su voz no sonaba como antes. Era más queda. Y cuando me acerqué, comprobé que tampoco olía como antes. A algas y a menta. Olía a sustancias químicas.

—Sé que esto es duro, Cordie, de modo que te pido por favor que me escuches —dijo—. Me estoy recuperando, pero al principio estaba muy asustada. Tenía que librar esta batalla sola. No quería que me vierais tan débil. No quería que me recordarais… así. Quizá me equivoqué. Vuestro padre cree que fue un error ocultároslo.

Sus ojos grandes y oscuros estaban húmedos.

—Pero os he echado de menos, Cordie. Os he echado mucho de menos. —extendió la mano, pálida y delgada, con unas pequeñas membranas entre los dedos, y la tomé. Sentí en su mano los latidos de su corazón.

La rodeé con mis brazos y la abracé con fuerza. Mamá se puso a llorar y me dijo cosas que yo apenas alcanzaba a oír, murmurando contra mi pelo. Pero no me importaba lo que dijera, lo importante era que estaba allí, junto a mí, mientras mi corazón trataba de hallar el ritmo del suyo.

Papá trajo luego a Ione, que casi trepó sobre mí para abrazar a mamá. Al ver que estaba calva sofocó un grito horrorizado, pero enseguida recobró la compostura.

—Puedo darte parte de mi pelo —dijo, acariciando la pelusilla que tenía mamá en la cabeza, parecida a la de nuestra hermana menor—. De todos modos, Cordie dice que tengo demasiado pelo. —A continuación me susurró—: Si una tiene que quedarse calva para conseguir una piel de foca, no la quiero.

Mi padre depositó a Neevy en los brazos de mamá y ella rompió a llorar a lágrima viva, derramando esas lágrimas grandes que uno derrama cuando lleva mucho tiempo reprimiéndolas.

—Os he echado mucho de menos, hijas mía. —Mamá lloró durante largo rato, tras lo cual se separó de nosotras, que estábamos abrazadas a ella, y nos miró de forma extraña—. Pero a veces os veía, en mis sueños por las noches. Os vi a bordo de *La Doncella Soñadora*, a las tres solas, y comprendí que era un sueño, porque mis niñas jamás cometerían semejante imprudencia. Y os vi rodeadas de focas, unas focas pequeñas y grises. Y os vi en una tormenta, una tormenta espantosa, que me inquietó mucho. —Se llevó la mano al hombro, el izquierdo, se lo restregó y siguió acunando a Neevy en sus brazos—. No puedo explicarlo porque suena muy raro, pero me sentí muy cerca de vosotras… de alguna manera…

Se detuvo.

Sentí la mirada de mi padre sobre mí y me volví hacia él. Meneó la cabeza y susurró:

—No le he dicho nada. Ni una palabra.

Entonces rompí a llorar, y las palabras brotaron —por fin— de mis labios.

—Te quiero, mamá.

Cosas que puedes explicar

MAMÁ REGRESÓ A CASA UNAS SEMANAS MÁS TARDE, justo cuando papá comenzó su nuevo trabajo como científico. Ahora se dedicaba a estudiar el regreso de las focas pixies a Selkie Bay. Le habían concedido algo llamado «una cuantiosa subvención» para continuar los trabajos de investigación que había emprendido hacía trece años, pero que ahora eran aún más extraordinarios. Una especie que se salvó de la extinción puede enseñarnos a todos, decía papá.

El colegio empezaría pronto, cuando finalizara la temporada turística, y aunque mamá estaba demasiado débil para reemprender su trabajo en la peluquería de Maura, Ione y yo barríamos el pelo del suelo para ganar algún dinero de bolsillo. La mayor parte lo gasté en Galletas Para Focas, pero también fui a la librería Relatos de la Ballena y encargué un ejemplar de segunda mano de *Cuentos infantiles sobre selkies*. El librero me dijo que era difícil de encontrar y quizá tendría que esperar un tiempo, pero no me importó. Supuse que sería agradable tener un ejemplar en casa.

Ione preguntaba prácticamente cada día si podía acompañar a papá en su barco para tratar de ver a *Henry* o a *Betty*, o al resto de las focas. Y cuando papá decía que no, trataba de convencer al señor Doyle para que la llevara él. Papá había concedido al anciano el uso de *La Doncella Soñadora* durante un tiempo, en recompensa por haber cuidado de nosotras en la isla. Como es natural, el señor Doyle se había negado a aceptar la ayuda por provenir de los Sullivan, y había gruñido y protestado un montón. Aún se mostraba quisquilloso con mamá. Pero como ella no quería deber nada a Archibald Doyle, papá logró al fin convencerlo de que era justo que le prestara la lancha. Mi padre siempre saldaba sus deudas. Y resultó más favorable para el señor Doyle de lo que éste pudo imaginar. Mucha gente prefería asistir al regreso de las focas pixies desde una pequeña y bonita lancha con un motor fuera borda que no contaminaba el medio ambiente, que desde la proa de una vieja embarcación voluminosa que lo contaminaba.

El día que llegó mi libro, corrí a Relatos de la Ballena y regresé apresuradamente a casa, resistiendo la tentación de sentarme en un banco para hojearlo. Cuando llegué a casa, jadeaba debido a la carrera. Me senté en el suelo junto a mamá, que acunaba a Neevy en brazos para que se durmiera, aunque creo que estaba perdiendo la batalla. Neevy no era tan dormilona como antes de que mamá se marchara. Ione estaba tumbada en el suelo boca abajo, construyendo de nuevo un castillo de libros para las piezas de ajedrez. Comencé a hojear en silencio el viejo volumen.

**En algún lugar entre la Fantasía y la Realidad,
entre el Mito y la Leyenda,
se encuentra el Reino de los Selkies.**

Pensé que algunas cosas pueden explicarse, como el hecho de que una especie de focas casi extinta consiga hallar una isla secreta, que será su salvación. Y pensé también que algunas cosas no pueden explicarse, como el hecho de que una madre que lucha contra una enfermedad mortal pueda yacer en la cama de un hospital distante, y estar al mismo tiempo en una isla cubierta de niebla, velando por sus hijas a través de los ojos de una foca.

—¿Qué estás leyendo, Cordie? —me preguntó mamá. Cuando le mostré el libro, derramó una lágrima, perfecta y plateada, que rodó por su mejilla.

—¿Qué crees? ¿Crees en unas criaturas capaces de despojarse de su piel de foca y transformarse en seres humanos? —le pregunté bajito, mientras ella se enjugaba los ojos.

—Creo en muchas cosas, Cordie. Pero ante todo, creo en vosotras.

Nota de la autora

Las focas pixies de Selkie Bay son criaturas de ficción, como también lo es Selkie Bay. He basado mi relato en un reciente incidente referido al descubrimiento de un hábitat de focas monje en el mar Mediterráneo, que permite a las focas monje reproducirse y repoblarse sin que los humanos se lo impidan. Actualmente, las focas monje son la especie de focas que corre más peligro en el mundo. Una situación análoga les sucedió a las focas grises de las islas británicas. Allí, en lugares secretos de reproducción lograron mantener la población, e incluso aumentar su número, que había sufrido una importante merma. Las focas grises, aunque raras en algunos lugares, ya no figuran en la lista oficial de especies en peligro de extinción. Sin embargo, como todos los animales marinos, corren peligro debido al maltrato que sufren los océanos y la desaparición de hábitats adecuados en los que las focas madre puedan parir a sus cachorros.

El regreso de las focas grises no es el único ejemplo de una especie que ha hallado la forma de salvarse. Otro ejemplo es la foca de Guadalupe, que había sido perseguida y cazada hasta su extinción en 1892, pero fue redescubierta en la década de 1950, oculta en una isla secreta.

Las focas y los humanos comparten un pasado turbulento. Me gustaría poder decir que la brutal matanza a palos de focas ha pasado a la historia, pero en algunos países del mundo se tolera esta anticuada y cruel práctica. Las matanzas selectivas constituyen el acto de reducir una población con el fin de aumentar otra. Algunos gobiernos permiten las matanzas selectivas de la población de focas a fin de aumentar las poblaciones de peces. Más peces equivale a más beneficios. Y en algunos lugares las focas, como las encantadoras focas arpa bebés, llamadas «mantos blancos», siguen siendo cazadas para obtener sus pieles.

En cuanto a la leyenda de los selkies, la mitología que rodea a estas criaturas capaces de transformarse de focas en seres humanos perdura desde hace muchos siglos. Yo sólo he añadido otra modesta historia a la amplia colección de cosas que se pueden explicar, y cosas que no se pueden explicar.

Agradecimientos

Gracias a Jo Volpe y a Wesley Adams por nutrir esta pequeña semilla de una idea hasta convertirla en un libro en toda regla. Al principio sólo consistía en eso, en Cordie, su madre desaparecida, las leyendas de los selkies y poca cosa más. Jo siempre creyó que la historia acabaría floreciendo, y Wes le procuró el espacio para que creciera. Siempre os estaré agradecida por esto.

Gracias de todo corazón a todos los que impidieron que mi barco naufragara mientras navegaba bajo la bruma entre la leyenda y la verdad. Muchas gracias a todos vosotros:

Nancy Villalobos y Chris Kopp
Los estudiantes y el personal de Jefferson
Elementary School
Holly Pence y Kathy Duddy
Danielle Barthel y Jaida Temperly
Todo el equipo de FSG TEAM
(¡sois geniales!)
Gilbert Ford (por la maravillosa cubierta
del original)
John III, Tammi, John IV,
Hope y Jacob Moore
Susan, Jim, Elora y Mia Daniels
Mis padres, John y Nancy Moore
Y mi increíble marido, Sean

Por supuesto, este libro no existiría sin mis hijas, cuyas vidas «asalté». Siempre deseé escribir una historia sobre hermanas. Hijas mías, sois la razón de que la página contenga palabras. Sois la razón de que existan historias que escribir.